島利栄子［文］　柳原一徳［写真］

親なき家の片づけ日記
信州坂北にて

みずのわ出版

親なき家を片づける——序章

父が平成十六年、母が翌十七年に亡くなった。共に満八十六歳だった。それからもう少しで十年がたとうとしている。自分にとってこの十年間は何だったのだろう。

両親が暮らしていた家で親の遺品と向かい合いながら、どうしようどうしようと片づけに悶々としつつ、自分を確認した歳月だったように思う。千葉県八千代市から長野県東筑摩郡筑北村坂北まで、月一回、帰省する時間を作るのは、意外と大変だった。

が、帰らないではいられなかった。自分にとってどうしても大事なことであり、避けては通れないことだった。親とは、故郷とは？　そして自分自身は何者なのか、結局は自分探しになってしまう。が、そんな時間がとても大事なものに思われた。

幸いに夫が畑作りに興味を持って、野菜作りを始めてくれたのはありがたかった。生き物はつどつど見ないと、成長しない。

どちらともなく「ぼつぼつ帰らないといけない時期だね」と誘い合って帰省した。夫が畑に出ている間、私は家の片づけ。帰るたびにほんの少しずつ、遺品を処分していった。

最初、片づけの必要に迫られたのは、母の新盆を迎える前。使っていた布団、よく着ていた衣類、カーペットやため込んでいた段ボール箱、壊れた電気製品、不要な贈答品ストックなど。一ヶ所にまとめると小さい山がいくつも出来た。業者に頼むことにした。業者は三、四人がかりで、布団を切ったり、段ボールを縛ったり半日かかりトラックいっぱいの荷物になった。ゴミ処理場に運び、破棄してもらった。新盆、一周忌や三回忌などと決められている法要があり人が集まる機会が多いので、急いでやるしかなかったのだ。

それと思い切って畳を新しくした。次に崩れかけていた庭先のコンクリートを改修した。お墓の入り口が崩れないようにコンクリートの段をつけた。業者を入れての改修で見違えるようにきれいになった。四十八万円くらいかかった。人が集まる機会に追いかけられるように片づけをした。

空き家になる家を改修した理由の一つに、私の故郷に子供や孫にも来てほしかったことがある。私達は結婚して転勤族になり日本各地を転居して回った。子供もそれについて転校、転校と一ヶ所に落ち着かないまま大きくなったが、考えると彼らには故郷がないのだ。寂しいこと、申し訳ないことに思われた。それでも幼い時には、夏休みになると連れて帰り、田舎の生活を体験させていた。父母も孫が滞在するのを喜んでいろいろ工夫しては田舎暮らしを楽しませてくれていた。彼らの心の故郷は坂北かもしれなかった。法事などに思い切って声をかけると、子供らは忙しい中、遠くから工面して来てくれた。うれしいことだった。

人が家に集まると食事作りで台所を使う。母が使ったものと向かい合わねばならなかった。食器ひとつ、鍋ひとつにも母の思い出がこびりついている。あんなことこんなことが、思い出されて、「ごめんね、もっと良くしてあげれば良かった」と涙がこぼれた。母が作ってくれたように野菜を切って、同じように味つけて煮て、同じお皿に盛った。

母は料理好きで、食器や調味料など沢山買っていた。いつも私は「そんなに買っておかなくても大丈夫よ。傷んじゃうわよ。いつでも買えるものばかりじゃないの」と叱った。「戦時下を体験したものでなければ分からないわね」と母の返事は決まっていた。

缶詰、レトルト食品、瓶物など戸棚や押入れに何十と押し込まれていた。砂糖など三十袋もあったろうか。とっくに賞味期限が過ぎていて、変色したり、袋が膨張して破れそうだったり、缶詰は中から汁が滲んでいるのもあった。マッチ、ラップ、ハサミ、トイレロールなどの日用品も沢山あった。あっちこっちに散らばっているのをひとところに集める程度の片づけは簡単だった。新しいものには人格がないので心の痛みは感じないですむ。そんなものの片づけは簡単に進んだ。持ち帰って、私が使わせてもらうものもある。有効利用すれば母も喜んでくれるだろうとむしろ心弾んだ。

ありがたいのは、実家の隣に住む山崎貞彦さん・貞子さん夫妻の存在。帰ればいつも気にかけてちょこちょこ顔を出して話しかけてくれる、特に畑仕事は私達夫婦には全く分からない。手を取り足を取り教えてもらうことになった。また帰るときには、新鮮なお米や味噌、漬物などをお土産に持たせてくれる。次第に気心も知れて、どっちかというと無口な男性軍も、酒を酌み交わし女房の悪口を言い合える仲良しになったのもありがたかった。親の家を片づけながら、新しい楽しみも生まれた。

最近は、私が代表を務める「女性の日記から学ぶ会」の勉強会にも活用したり、姪家族に畑を開放したり。姪の東京の友人まで来てくれる。「草取りをすると元気が出る、また来たい」と言っているとか。何と思いがけないこと、こんな形で古い家が使われる、思ってもみないうれしい展開だった。

＊

いま私は坂北の庭で一人で草むしり。風が心地良い。コスモスが風に揺れて話しかけているようだ。無心に草をむしりながら考える。いろんなことを脈絡もなく。何かがぼーっと頭に浮かぶ。消える。違う思いがよぎる。ふっと納得する。その瞬間、そのほっとした気持ちは像を結ばず消えてしまう。でも気にしない。次から次へ考えは浮かび消えていく。それが心地良く、そこに身を委ねる。ひたすらに草をむしる。

草も四季おりおりで種類が違い、初秋のいま、八月にはあれほどの勢いだった草も早くも枯れ始めているのもある。反対にいまごろ芽吹いて冬までの季節を謳歌しようとするものも見える。ヨモギは春には勢いがよく青く濃い茎はいくら引っ張っても簡単に抜けたりはしない。それなのにいまのヨモギは緑も穏やかになり、丈も太さも一回りも小さくなった。引っ張るとあきれるほど簡単に抜けてしまう。あっけないくらいだ。ヨモギが抜けた後に菫（すみれ）が土に這いずって群生してるのを見つける。え、こんなところに？　なぜ気づかなかったのだろう。この菫は母が植えたものだったろうか。そういえば元気なころかわいい菫を頂いたと喜んで話してくれたことがあったような気がする。

草をむしっていると小さな思い出に出会う。ふっと生前の父だったり、母だったりと話しているような気持ちになる。

父母が亡くなり十年たとうとするいま、すべておだやかになった。親のことを考えながら、私自身が少しずつ老化していくことを実感せざるをえない。認めたくないけれど、ここ数年老化が著しい。外見は若く装って、「若いね」と言われて喜んでいても、体は明らかに人並みに齢を取ってきた。朝晩の骨の痛み。疲れやすさ。声が出ない。つまずく。物忘れ。毎日の小さな行動すべてが、老境に入ってしまったことを思い知らされる。そのたびに父の、母のあのころのことを思い出さずにはいられない。ああ、こういうことだったのか……と。親は身をもって教えてくれていたのだ。死ぬことの意味を。両親に教えられた道に確かに自分も踏み入っていくことを実感する。

もう少ししたら私達も帰省もままならなくなり、坂北に行けなくなる日も来るだろう。

しかし前に向いて風は吹いている。

いまは誠心誠意やるのみ。変わることを恐れない、そう自分に言い聞かせる。

親なき家の片づけ日記——信州坂北にて◉目次

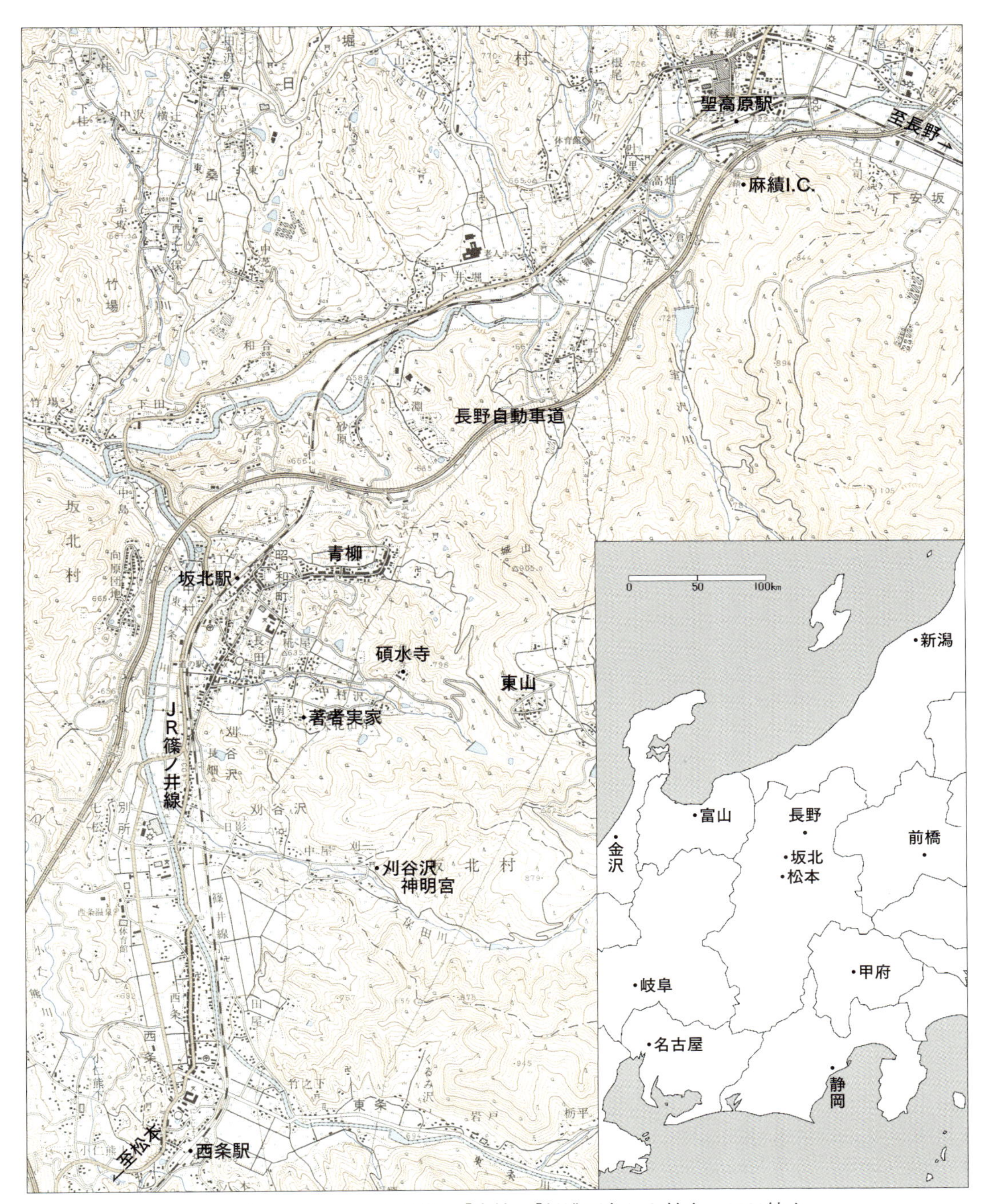

国土地理院発行25,000分1地形図「麻績」「信濃西条」を結合、65％縮小

平成17年（2005）

平成十六年二月七日父死す
平成十七年三月十二日母死す

8月11日
小さなことに目を向ける　しばらく悲しみが消える

二時にトイレに起きた。このごろは一度起きると寝つかれない。少し頭も痛い。いけないと思いながら、今日も頭痛薬を飲む。何かの本に頭痛薬は脳梗塞の遠因であると読んだことがあったが。常用はいけないことは分かっているが、憑かれたように飲む。不思議だがすぐに良くなる。まじないみたい。精神的な依存症の一つかもしれない。分かっていても止められない。人間の愚かさの証明。分かっているけど止められない。スーダラ節だよ。

頭痛は治ったが寝つかれないで一時間ほどベッドで転々とする。時間がもったいないので起きて階下へ行く。明日から六日間お盆で、坂北行きなので、やりたいことがいろいろある。

真っ先に読もうと思っていて読めなかった資料を片づけることにする。「印旛沼開発文庫　贈呈式　座談会」という資料である。読み始めるとおもしろい。印旛沼開発文庫は兼坂祐氏が集めた水関係の十万冊である。彼の印旛沼への思いのすごさ。周辺の農業への愛着。こんな人がいたのだと改めて感動する。

地球が悲鳴を上げている。「地球の治し方」こそ、われら人間にとり最大の問題だ。それをなおざりには出来ない。

自分のことばかりに悩んでいてはいけない。

父が前年に逝き、母が亡くなり五ヶ月。少し落ち着いてきたかな。

やっと母の死から、目をほかに向けられそうな今日このごろ。乗り越えねばならない。

8月19日
亡き母の言葉を思い出しては傷つき　傷ついては思い出す

十二日から十七日まで坂北で母の新盆。弟夫婦も来てお客さんの接待をしてくれた。次男夫婦、三男一家も来て、賑やかに滞りなく母の新盆がすんだ。ほっとした。

昨年のいまごろは、母は元気だったね。そうだよね、この椅子に座ってたなあ。ヘルパーを入れる入れないで口論したっけ……と母の話になってしまう。

そんな中での弟の言葉。「母さんは姉さんの悪口言ってたよ。利栄子には騙された。このごろは来てもくれないって」。ちょっとショックを受けた。母の最期のころ八千代の病院に入院中、私がインフルエンザで見舞いに行かれなかったときのことらしい。それは夫から聞いていて母にも直接問いただしたことでもあるので誤解はとけていたはずだが、こうして再び言われてみると気分が落ち込んだ。

母がそれだけ私を待ち焦がれていたのだと思うとかわいそうだったと、心が痛んだ。いまさら言ってもせんないことだが、母の死への後悔は波のように繰り返し襲い掛かり、止むことがないのだ。

ただひたすら食事作りに精出す。五日間の食事、三度三度は楽ではない。自分達だけならいいけれど、弟夫婦、次男夫婦、三男一家である。自分の台所でないし、留守宅では食材もままならぬ。大体の見込みで買い込んだ山のような食材も、最後の日にはすっかり空っぽになった。おおよその見積もりが当たったのだ。主婦業のベテランとして当たり前のことだろうが、少し気分が明るくなった。

弟には、なすのおやきを作ってやろうと稽古し、材料も持って行ったけれど、その暇はなかった。またいつか作ってやりたいな。

風呂場掃除も初めてした。母が丁寧に掃除していたことが分かる。ミョウガ畑には沢山のミョウガが生えていた。いつも母はミョウガを土産に持たせてくれた。「ほれ、こんなに穫れたよ」と言いながら新聞紙に丁寧にくるんでくれたっけ。キキョウが咲き乱れていた。私達が春に植えたグラジオラスも終わりとはいえ、まだ何本かの大輪があった。これらを切ってお墓に飾った。母の押入れには沢山の食料が保存されていた。母が買い込んで電動車で運んできたものだ。中でも一番多いのが砂糖だ。三十袋もあったろうか。昔の人は砂糖が大事だったのだ。いつも手土産に砂糖をくれた。私が一番もらっていたかもしれない。

「ジャガイモを植えてね」と母は最後に夫に話したと言う。夫と二人で初めて植えたジャガイモが見事に大きくなっていた。うれしくて夢中で掘った。昨年母が腰をかがめて、一所懸命ジャガイモを掘っていたのをまた思い出してしまった。

8月22日
父母のなまり懐かし

坂北へ帰るとなぜか方言がしきりに思い出される。言葉というのはその土地の空気や人との出会いで、身体が思い出すらしい。それはまた父や母の思い出に繋がるものである。

「ごただぞ」。これは父の口癖だった。「おじょこってもんせ」。これは母が自戒を込めてか、よく呟いていた。故郷へ帰ると思い出せるのに、故郷を離れるとなぜか思い出せないのだ。ああ、故郷のことば、親のことば。布団に入るとふいに心に浮かぶ。あまりの懐かしさに身をよじって泣く。


ごた……話にならないほど道にはずれている

ごったく……ごみ
だくな……根性が悪い
とぼやぼ……困惑しておろおろする
いぼつる、いぼつり……いじけること
得てに帆かけて……「得手に帆をあげる」のこと。得意になって。母がよく使っていた
あらびる……暴れる
もうらしい……かわいそう
きんばんちょう……几帳面すぎる
ごうがわく……腹が立つ
てどから……自分の罪
くらしあげる……あたまを叩く
さんざ……沢山
のて……働きの悪い
おちょっぺたれる……おだてる
うちばにする……大風呂敷を広げない。少な目にする。母がよく使っていた
てしこにおえない……やりようがない
そらおそろしい……将来どうなるかと心配なこと。母がよく使っていた
まえで……前
がわた……外観
わにる……恥ずかしそうに笑う

つもい……きつい
づくなし……まめでない
まていな……丁寧な

だれかの詩に停車場に「そを聞きにいく」というのがあったなあ。方言は父母の思い出そのものである。

8月23日 母の子守歌

実はここ二年ほど車で信州へ走らせていると、小淵沢、富士見辺りでなぜか必ずひとつのメロディが頭の中に響きだす。声に出して歌う。

お母様　泣かずに寝んねいたしましょ
おせどのおやぶで兄さんがお別れ惜しんで泣きました

歌うと違う。違うと頭を振りながら、何か手がかりをと必死になる。「お母様という言葉」「寂しい曲想」「子守唄」とキーワードはしっかりしているのだが、ぴったり正しいのが出てこない。もう一度歌ってみる。

ほろほろと鳴く山鳥の声聞けば

母かとぞ思い父かとぞ思う
　ほろほーろ

これも違う。違う違う……といらいらする。何度言葉を変えても「やさしいおかあさま」は出てこなかったのだ。それを教えてくれたのが「折々の記」サークルの接待健一さんだ。元毎日新聞社の記者さん。あの人の記憶力はすごい。よくいろいろのことを教えてくださる。ありがたい。

題は「やさしいおかあさま」というそうで、稲穂雅己作詞、海沼実作曲である。

1
わたしがおねむに　なったとき
やさしくねんねん　こもりうた
うたってねかせて　くださった
ほんとにやさしい　おかあさま

2
夏はねびえを　せぬように
冬はおかぜを　ひかぬよに
おふとんなおして　くださった
ほんとにやさしい　おかあさま

3
わたしが大きく　なったなら
ご恩はお返し　いたします

それまでたっしゃで　まっててね
ほんとにやさしい　おかあさま

ああ、これこれ。うれしくて、母に会えた様にうれしくて。歌ってみる。でも高い声が出ない。なんでだろう？高音にはちょっぴり自信があったのだが、一オクターブ低くなってしまう。悲しいと低い音しか出なくなのだろうか。かすれ声で、うめくように歌う。

9月7日～8日　思い出話に慰められる

今日は坂北行き。一人で行って、泊まることにした。すごい勇気がいる。

夜が寂しい。坂北の夜は漆黒の闇。音のない世界だ。星だけが恐ろしいほど近くに見えるのだ。空を見上げるとギリシャ神話が思い出され、飲み込まれそうな恐怖感に襲われる。父も母も清水平（しみずでいら）のお墓に入ってしまった。そのお墓は目の前……。

台風十七号が通るという。風がすごい。まずお墓へお参り。庭の草取り。薄暗くなるのが早い。山崎さんが犬の散歩で声を掛けてくれた。「今夜はちょっと怖いわ」と言うと「なんで？」とげらげらと笑う。まあ坂北の人には分からないかもしれない。町では夜でも明るく、車や何かの音が賑やかだもの。

夕食は簡単な弁当ですませる。夫から「大丈夫か？」と優しい電話。「大丈夫よ。泊まれそうだよ」と答える。

畳も替えたし、台所や座敷などもかなり片づけたので、印象が変わった。家が明るくなり広くなったような感じがする。

八時ごろ、となりの貞子さんが来てくれた。十時半ごろまでいろいろ話す。「おばあちゃんは昨年のいまごろ、こんなだったよね」と言う。貞子さんとはよくこんな風に話し込んだと言う。「夜が寂しかったんだね。帰ってはいけないという風にいろいろ話しかけてきたよ」と貞子さん。「和田さんはまだ幸せだよと、悪い人の話をいろいろして慰めた。すると元気が出るみたいだった」とも。

貞子さんが帰ってから、テレビのボリュームを上げる。一時までくだらないお笑いを見る。思い切って消す。布団にもぐる。外の風の音に耳を澄ます。風は止んで恐ろしいほどの静寂である。母は父が亡くなってからこんな風に一人で寝床にいたのだ。寂しかっただろうな。なかなか眠れない……。

が、気づいたのは朝の光の中である。小鳥の声もにぎやか。いいなあ、小鳥の声、いい天気だ。ああ、私は眠ったのである。ひと山、また、越えることが出来た、そんな気がする！

9月17日　電気製品まで壊れる

電気製品がつぎつぎ壊れて気分が悪い。昨日、冷凍庫がぶっ壊れた。ぴたぴたと水浸し。どうも出来ない。大急ぎで「みどり電機」へ走る。九万円で五ドアの東芝製冷凍冷蔵庫を購入。我が家にぴかぴかの冷凍冷蔵庫がやって来た。これで十年大丈夫だ。頑張ってくれ！　冷蔵庫よ！

ビデオもわやになった。テレビもおかしい。クーラー、ストーブ、ホットプレートも壊れてしまった。八千代にきてちょうど十年。あのときにすべてを新しくしたから皆一緒に壊れてもおかしくない。

今回はちょっと精神的にこたえる。自分の老化が電気製品と重なるからである。今年は夏の暑さがこたえた。元気が出なかった。やはり歳だな……。そんなときに電気製品までぶっ壊れるとは。やんなちゃうよ。

負けるな利栄子！　ようやく残暑が和らいで、過ごしやすくなってきたではないか。

9月19日

ごめんね父ちゃん　ごめんね母ちゃん

敬老の日。介護現場の映像が映される。胸にこたえる。私は何もしてあげられなかったんだと、またまた後悔の念が募る。特に父のこと。何もしてやれなかった。かわいそうなことをした。

初めての入院のときあんなに家に帰りたがっていたのに。病気もそんなにはひどくはなかったのに。介護せずに施設に入れてしまった。寂しかっただろうな。

「ごめんね。ごめんね」と呟く。

9月28日

気分転換に旅行に行く

夫が旅行に行こうと言う。「苦労が続いたから少し気分転換をしなければ」と言う。まだあまり気分は進まなかったが、思い切って計画を練った。私自身も少しでも気分を明るくしたいとの思いもあった。前から行きたかったブラジル、ペルーに決めた。遠方なので高山病の薬、酔いどめ対策、腰痛対策など準備は大変だ。

ずいぶん困難そうなところだと徐々に心配が募ってくる。

十日も留守をするとなると忙しい。「女性の日記から学ぶ会」の会誌「日記ろまん」三十三号も清水さん達の協力のおかげで、昨日三校があがり、今朝打ち合わせを終えた。

坂北の庭、墓の整備も貞彦さんらの引き受けのおかげで、留守中にとりかかれるかもしれない。八千代の家も屋根の雨漏り、ガスレンジの取替え、階段の手すり設置、蕎麦打ちの板置き場など工事に入る段取りも出来た。日記の会のサポセン祭参加の準備も中野さんのおかげで、手順も整えた。「折々の記」も新入会員が落ち着いてくれそう。『臼井風土記』の人物班も二回の会合を終えて、何とか先行きに光が差してきたように感ずる。

子供達もそれぞれに元気そうで何よりだ。近くに住む三男一家は悠たんを中心に、まことに明るい。次男はお嫁ちゃんがこの暮れ出産予定。ときどき愚痴めいた相談がくる。ちょっと心配だが、昨日は電話でゆっくり話をする。「困ったことになれば、いくらでもサポートするから、安心して出産してね」と話しておいた。少しは落ち着いたのではないか。長男夫妻も昨夜、元気な声を聞かせてくれた。「最近調子いいのですよ」とお嫁ちゃんの声が明るく何よりうれしく思った。家族が元気なことが一番の喜びだとこのごろつくづく思う。

一草舎出版社長高橋将人さんが昨日、第一回目の大手術を終えたというニュースが入った。まずはひと山越えたのだ。良かったと思う。友人の闘病中に申し訳ないことだが、心でわびながら、回復を祈らせてもらう。

今回くらい飛行機に乗るという旅もめずらしい。飛行機はきらいなのだが。

万が一の場合を考えて、子供やお世話になった人へ連絡をした。ありがとうとお礼を言ったつもり。

母の遺影に「守ってね」と手を合わせる。夫は楽しそうに積極的に準備をしてくれた。二人そろって元気に外国旅行出来る幸せに感謝しよう。そして十分に楽しんでこよう。

10月25日
帯状疱疹に倒れる

無事に南米旅行から帰った。大冒険だったことにあらためて感動している。帰ってきてからも仕事がいろいろあり超忙しかった。が、元気に動き回れるからと油断して調子に乗っていたのかもしれないな。

急に横っ腹にぶつぶつが出来、痛くなってきた。疲れが出たのだろうと横になって二、三日待つが、痛むこと痛むこと。何をしてもどうしようもない痛さ。やっと医者に行くと帯状疱疹だとのこと。「よく我慢したねえ」と褒められてしまった。人生で一番痛かった。それでも一週間も寝ていたら薄皮をはぐように一日一日良くなってきた。でもリハビリが肝心だと医者へ通い熱線を当ててもらう。家でも久し振りにごろごろした。

まあ、少し休んでも良いだろう。元気だからって油断してはいけない。よく分かった。

12月1日
『母の早春賦』出版

看取りの苦しさを書いた日記の原稿を一草舎出版の高橋さんが読んでくださった。出版してくださるという。本当にありがたい。しかし半年書き溜めたものをいままとめて読んでみると、これでいいのか？ ……という気持ちの変化もある。それに親族、特に夫や弟に了解を得なければならない。けっこう正直に書いてあるので、

このままの了解は無理かもしれない。ことの重大さに気づいた。読み直して手直しをする箇所が多い。

母の遺影に何度も尋ねてみた。母さん、母さんは喜んでくれますか？

答えは「利栄ちゃがやりたいならいいよ」。思い切って弟に原稿を送った。清水の舞台から跳んだ。

返事は二週間後。怖い。

12月18日
弟の気持ち

弟から原稿の返しが入った。「僕の気持ちと違うことがあって心外です。そこの部分の削除、ならびに訂正をお願いいたします」と手紙にあり、十ヶ所ほど朱が入っていた。どれも弟の気持ちを考えると当然であり、これらはよく考えると、父母を侮辱するものだったと気づいた。悪かったなあとしみじみ思った。それだけで許してくれたことに、弟の人柄の良さを実感した。

こんなにしてまで日記を発表する私。業の深さをしみじみ。母さん、どうか守ってねと祈った。

12月23日
恐ろしい母の夢

今朝方、夢を見た。母の夢。余りにナマナマシク、恐ろしい夢。まるで昔話に出てくるような話なのだ。起きてすぐ夫に話した。「作り話だろう」とまるで本気にしない。何でこんな夢を見たのだろう。

坂北の家。薄暗い。母が寝室に寝ている。座敷の布団の中だ。弟が登場。「母さんは死んでいるのに、上半身だけ生きている。下半身はないよ」と言う。「そうか、元気に見えるんだけれど下半身はないのか」と思いながら、立ち働いていると、お客がある。見ると若い男性。何年か前に電車の中で話したことがある人。名前は知らない。こんなときにすぐに帰ってほしいなと思っているのに、彼、ずかずかと座敷に上がってくる。そしてぷかぷかとタバコを吸い始める。私は母に彼を紹介する。灰皿を探すけれどない。大声で「灰皿は?」と尋ねるが母は無言。私が探して持って行く。母に教えなければと、「母さん、人が見えたらすぐに、灰皿ね」と言う。

母と話していると急に彼が消えた。おやっと思っていると、帰り支度をしている。「もうお帰り?」と尋ねると、「ええ、ここにはいられない」と彼はもじもじしている。そこで私は悟った。「ああ、分かりました。この家はおかしいのでしょう。ひょっとして、母の姿が見えないのに私が一人でしゃべっているのでしょう。ね、不気味なんでしょう?」。彼は「ええ……」と小さく答える。

母が二つのバケツを持って歩いてくる。私は話しかける「母さん、一つのバケツに私が水を汲んであげるね」。母はうれしそうに振り向く。今度は彼にもその姿が見えたらしく、「お母さんと呼んであげたから、喜んでおられる」とほっとしたように話した。

ここで夢が覚めた。変な夢だった。

平成18年（2006）

1月3日
正月　子供ら集まる

子供らが来る。はじめに三男一家。次が長男夫婦。

ちょうど『母の早春賦』の初校が入っていた。長男のお嫁ちゃんが積極的に見てくれた。何ヶ所か気付いて直してくれる。帯の文言もさっさとまとめてくれた。手際の良いこと。びっくりもし、ありがたくも思う。みな、理解を示してくれたのでほっとした。日記なので不統一が多くて、校正にけっこう手が掛かる。

高橋さんが全面的に協力してくれている。表紙もボタンの花と、水仙の花、二案作ってくれた。子供らや夫に相談する。全員がボタンのピンク色に賛成。明るいほうがいいね……と一致した。

母の命日が三月十二日。その日に間に合うようにお願いしている。短期間で、高橋さんも懸命にやってくれている。高橋さんは、「千部出して費用は半々にしよう」と言ってくれる。母の供養なので、全額払ってもいいのだが、高橋さんは「こまかいことは言わない。任せてくれ」と言う。ありがたいこと。

二校を終えた。夫も手伝ってくれた。写真などずいぶん相談に乗ってもらった。最終ページの「坂北の四季」。写真は母の撮ったものの中から、いろいろ考えて選んだ。あれが良い、これが良い……と図柄や、四季を考えて、花だけをまとめて貼っていた母のアルバムを繰って、探した。楽しい時間である。

三校出し。これでいちおう終わった。忙しい一ヶ月だった。

年末に次男の所に赤ちゃんが生まれた。さあ、宮参りの準備だ。考えれば、次男に赤ちゃんが出来たことを母は知らなかったのだ。ちょうど母の生まれ変わりのような赤ちゃんだなとしみじみと感じ入った。

2月11日
『母の早春賦』出来た！

すばらしく感じの良い本！　これなら満点です。夫も頷いた。品が良くて、明るい表紙。中も読みたくなるような分量と、紙の温かさ。ありがとう。高橋さん。母の雰囲気が出ている。母の遺影の前に飾った。

2月19日
母の一周忌

母の一周忌の法事。「西条温泉とくら」（以降「とくら」と表記することも）で。いつもの顔ぶれである。はじめに食事をしてから途中で、弟が「姉さんも挨拶したら」と言ってくれたので、母の最期は立派だった由、私自身の言葉で伝えることが出来た。

　本出版の思いも簡単に伝えることが出来た。

「今朝、信濃毎日新聞でこの本の宣伝を見たよ。おやって思ったんだけれど、利栄ちゃんの本だったの」と長野のおばさんが言った。続けて「利栄ちゃんのような姪を持って名誉なことだわ」とも言ってくれた。心配だったのは身近で看取ってくれた西条のおばさんと、貞子さん。西条のおばさんは慎重な人だから人前であれこれは言わなかった。読んでから感想を聞くのが怖くもあり、楽しみでもある。

　その夜は夫と二人で坂北泊まり。朝方、貞子さんが来た。「ゆうべ一晩で読んでしまった」と報告してくれた。ほっとする。

「いいことばかり書いてあると思ったでしょう?」

「これでいいよ。悪いことはあからさまにしないほうがいい」と貞子さんははっきり言う。何もかも知っている者同士。あうんの会話。

午後、私は長野へ。夫は松本へ。ひとまず別れて行動。夜、松本の「ホテル飯田屋」で合流する手はずである。

＊

雨が降ってきた。何か春先を思わせる雨だ。長野駅からタクシーで一草舎へ。山下さん、水島さんもいて出版を祝ってくれる。まず高橋さんが信濃毎日新聞社へ連れて行ってくれた。文化部の女性と、三島さんにご挨拶。本の手ごたえはいいみたい。

雨は雪に変わった。急に高橋さんが松本まで運転して行くということになり驚く。何といっても大手術の後。怖いのもある。高速道路は吹雪いていて、私は言葉少な。高橋さんは能弁だった。松本に着き、駅前の料理屋さんで山下さん、水島さんも合流して祝杯をあげてもらう。

翌日は山下さんと市民タイムス、読売、朝日、毎日、中日、中日ホームセンターを回る。手ごたえはすこぶる良かった。なんといっても市民タイムスは編集委員の赤羽さんが丁寧な取材。奥さんを介護中というので、身につまされるのだろう。一冊謹呈させてもらった。中日新聞も支局長さんがすぐに顔写真を撮る熱心さ。スピード感のある取材で、さすがだと感心した。中日ホームセンターは女性の編集長がいて、何年か前に私のほうから連載の企画を流したことを思い出されてしまい、お詫びをするというおまけもついた。

手ごたえがとても良いので、うれしい。本のタイトル、装幀がいいらしい。皆それを褒める。高橋さんは「中身で勝負だよ。すごくいいからね」とこちらに花を持たせてくださるが……。

3月16日
マスコミの反応

朝日新聞に出た。先日、見市記者に取材してもらった記事。つぼを心得た記事だ。写真もしっかり載っている。九時ごろからつぎつぎに電話が鳴る。午前中続く。午後も続く。五十件も。ほとんどの人が自分の体験を思い出し共感する気持ちが強い。こんなに多くの人に求められるとは思っていなかった。臼井の文化懇話会の会合に行く。記事をコピーして皆に配ってくれた。十人くらいの人から注文をもらった。

反対にもうだいぶ前に差し上げていた男性陣は、なしのつぶて。Mさんは朝のメールで「まだ読んでありません」。ちょっとショックだよ！　少々つんけんしてしまう。わがままだなと自己嫌悪。人に期待をしてはいけないのに。本を出版するたびに友人を失うなあ。それに、今回はことのほか敏感になっている。何も感想を寄せてくれない人を恨んでしまう。母さんの「いぼつり」（いじけること）をあんなに嫌っていたのに自分が母そっくりのいぼつりさん。大いに反省。

3月22日
「ふきのとう」「なずな」は母の味

坂北へ帰った。ちょうどお彼岸である。お墓参りをすませて四月のような陽気に感謝しながら、ふきのとう、なずなを探す。日当たりの良い場所ではもう花になって四、五センチに伸びている。物置の入り口の近くは日陰のせいか、まだしっかりと蕾で立派である。沢山あるので、友達にもあげようと、欲張って摘んだ。なずな

は場所を選ぶそうだが、期待していなかったのに、畑の隅一列に揃って生えていた。耕耘機（こううんき）でおこしてしまうと出ないので、ぺんぺん草になるとそこだけ囲いをして来年用に種を十二分に落とさせるのだという。幸い家のなずなもうまく生き残って、春を迎えていっせいに芽を出してくれたのだろう。これも思いのほか沢山あったので、友達の分まで穫った。他にも送るものがあったので、ふきのとうとなずなも新聞紙にくるんで、段ボール箱に詰めて家に送った。

家に帰ってから箱から出すと、三日もたっているので、少し萎びていたが水につけるとしゃきっと元気に立ち上がった。丁寧に洗って、ゆでて、食卓に載せた。両親の遺影の前にも小皿に盛ってあげた。春一番に母が必ず食卓に載せてくれた思い出の味である。今年はいいあんばいに坂北へ帰って、沢山穫って帰れた。本当にうれしい。今年の目標の一つがかなえられた。

なずなは春の七草にあるが、案外知らない人が多い。差し上げた友達も「なずなっておいしいわね」と初めての味が意外とさっぱりしていると喜んでいた。もう一人の友達も「家の空き地にもあったのに、気付かずにいた。来春は見つけて穫るようにしよう」と話した。

子供のころは一年中、何らかの山菜を食べていた。特に春は、セリ、ニラ、ウド、ワラビ、たらの芽など豊富だった。自然の恵みからこの身体をもらった。現在の健康な身体を頂いたのだ。

3月25日〜26日
両親の友人に会う

ひとりで松本から坂北へ。

二十五日は千恵ちゃんと会った。駅に迎えに来てもらう。中山から薬師の湯へ。ゆっくりお湯に浸かった。

「ホテル飯田屋」に泊まる。

二十六日は千恵ちゃんに車で飯田屋に来てもらい。坂北へ。お墓にお参り。花を飾る。ブルーメンで昼食。

山岸君も来てくれる。千恵ちゃん帰る。

私は草取り。ぼつぼつ生えてきた。下のおばさんとお茶。おばさん少々齢取ったな。島田さんへ本を持って行く。お茶をごちそうになる。思えば変なことである。親の元気なときにはこんなことはなかった。思い出話も悪いことは出ない。「お世話になって……」と普通の話ばかりで少し物足りなかったが。島田さんは母が気に入っていた人だ。もっと親密な話が出るかと思っていたのだが、ちょっと残念。

帰ってから山崎さんに夕食をよばれた。野菜中心の大ご馳走。申し訳ない。山崎さんご夫妻とは両親の思い出話に花が咲く。そんな中でいろいろ知らない話も出る。えっと思う。いい話も悲しい話もある。

私の知っている両親はほんの一面なのだ。怖いような、わくわくするような知らない両親の姿。

晩年に起こった悲しい出来事の数々も、とことん真相を解明したい気持ちもあるが、知らないで良いのだというささやきも心のどこかから起きる。特に母が苦しんだ親許との不仲について、関係者に聞いて回り真実を探さねば、それが私の仕事ではないかという思いも捨てがたい。結論はもう少し先に延ばそう。

4月29日～5月6日
坂北の家へ　目黒一家来る

一年たった。少し大きな計画を立てた。坂北の有効活用である。

目黒さん一家の歓迎。それと次男の息子の初節句である。連休中でもあり、坂北の一番良い季節でもあるので、絶好のタイミングだと思っていたが、実行までは日程調整、弟の了解、山崎さんへの対応、高山のご両親の参加、三男一家の飛び入りなどあれこれ下準備も大変だった。しかし、すべてにうまく運んで、大成功に終えることが出来た。これもすべて夫の積極的な協力のおかげである。

父も母もどんなにか喜んでくれたであろう。

庭にも、近く結婚する目黒家お嬢さん、次男、三男の子供の記念植樹を五、六本。八千代からしだれ梅や花桃を運んだ。JA麻績（おみ）で急遽、どうだんつつじや、ブルーベリーを買った。

台所の大改造も試みた。永年の懸案であった瞬間湯沸かし器をつけ、テーブル周辺の「ごったく」（ごみ）を片づけて、新しい小さなテーブルを買って入れた。こざっぱりと、大人数でも一緒に食事出来る台所となった。夫も蕎麦打ち道具持参でお客さんに蕎麦を振舞った。

どこかで母がにこにこしてみているような気がした。ジャガイモ、ねぎも植えた。今年は昨年よりも沢山植えてみた。

一日中良く働いた。家の有効活用、一歩ずつ。植樹で庭を生き返らすのだ。

6月23日〜24日 草取りで愚痴が出る

玉ねぎを掘りに帰った。まあ！　すごい草！　びっくりである。夢中で草取りをやる。ひどく疲れた。帰りの汽車の中で夫と話す。弟にも草取りの大変さを分かってもらったほうがいいかも。

シルバーセンターさんに草取りをお願いしてみようかと思いついた。草と喧嘩しても駄目だよとよく聞くが、あまりひどいと屋敷が草で埋まってしまう。シルバーさんに頼んでもそのときだけきれいなのだから、気休めにすぎないのだが。まあ、お盆の前だけでもいいかも。果たしてうまくいくか？　坂北帰省、心は充足するが、身体は疲れる。疲れているからこんな愚痴が出るのだろうか。

母さん、こんな私、どう思いますか？　きっとこう言うのではないか。「利栄ちゃん、無理しないでいいよ。「うちば」（少なめ）にすることだよ。草なんて生えていてもいいんだよ」って。

8月11日
お盆準備　大奮闘

久し振りに坂北へ。

夫運転の車で麻績のスーパーでどっさり買い物。花、果物、食料品など。車がうなるほど積み込んで坂北へ行く。

かび臭い布団を干し、湿っぽい畳とマットを干し、食料品を整理していると、千恵ちゃんが来てくれた。仏壇組み立てに取り掛かる。千恵ちゃんがどんどん進めてくれる。助かった。何とか六時までに終了。弟もびっくりするだろう。ブルーメンで中学同級生の山岸、市川さんらも呼んで食事。千恵ちゃんありがとう。明日から弟夫妻、次男一家、三男一家が来る。お盆がやってくる。台所番として頑張らねばならない。

8月12日～16日
お盆　きょうだい仲良くしなければ

次男一家、三男一家もつぎつぎに来てくれて、賑やかで忙しい五日間。何とか無事に終了した。弟夫妻との行き違いはあるが、まあ、抑えて抑えて……。弟は「おかげで賑やかで良かった」と言ってくれたのだが、弟嫁さんの対応に納得出来ないこともあった。母さんも我慢していたろうなと思ったことだ。

最終日は西条のおばさん、山崎さん夫妻とも交流を深めた。

今年は昨年の新盆とは違った、うちうちのお盆だった。来年は弟夫妻と一緒でないほうがいいかもしれない。

これは夫も同じ意見である。お互いに分担して、お互いに気を遣いすぎないほうが良い。
坂北の家の遺産相続については、弟は「俺がする」と明言している。もう少し静観するとしよう。
きょうだい仲良くするのが、いちばんの孝行なのだと自分に言い聞かす。

9月17日〜19日 押入れ片づけ

台風十三号が来そうだとのニュース。強いと前宣伝がすごい。坂北に行くべきか、予定通り実行すべきか、随分迷ったけれど夫が「行こう」と強く主張しての決行となった。

先に松本で墓参りをすませ本家に寄る。シソ、ミョウガをもらう。植物、野菜をもらうのがうれしい。坂北ですぐに役立つ。

今回は彼岸のお墓参り、庭や畑の草取りが目的だった。庭にはコスモスが満開で見事だった。草は長雨でかなり茂っていたらしいが、山崎さんが草刈機で刈ってくれていた。屋敷の境界線が草で分からなくなると、悲しい。それがきちんと刈ってもらってあって、ぱっと見た感じがきちんとしていて、本当にうれしかった。一番先に挨拶をする。簡単なお土産も持って。これが私達の一番の仕事なのかもしれない。

山崎さんは自分の家の仕事だけでもやっとなのに、うちのまでいつも気を配ってくれて本当にありがたいと思う。

今日は山崎さんの稲刈り。とても忙しそうだ。台風前で手が必要なのだ。夫が「俺、手伝いしようか。邪魔かもしれないが」と言い出す。「それじゃ、少し頼むかね」と山崎さんも喜んでくれたようだ。二時間ほどもして、泥だらけになってご帰還。山崎さんも玉ねぎ、ビールをもってお礼にきてくれた。

私は庭の草取り。だいぶきれいになった。

それから母の部屋の押入れを片づける。賞味期限切れのお菓子を思い切って捨てる。奥の部屋の小さな箪笥の中の整理。捨てるモノ、保存するモノに分ける。ずいぶんすっきりした。母の服が沢山ある。服には思い出がまとわりついている、なかなか思いきれない。

問題は母のベッド周辺。家の中心にある。布団も枕も元のまま。母さんがそこにいるように感ずる場所だ。何とかせねばと思ったり、反対にこのままでいいのではと思ったり。弟にも相談してみよう。来年は三回忌だからそれがすんでからでも良いか。

夕食は湯豆腐。畑からねぎを抜いてくる。甘くておいしい。二人でビール二本でほろ酔い。こんな幸せを味わわせてくれる父さん、母さん、ありがとう。

9月23日
最後の日記帳発見

母さんの荷物を片づけていて、日記帳をまた発見した。父が入院してからの半年ぐらいのもの。三冊に毎日丁寧に書いてある。持ち帰って、帰りの車の中でざっと読んだ。父を病院に入れて、一人で頑張っている毎日がびっくりするほどどしっかりと書いてある。私達との電話の内容、貞子さんや、西条のおばさんとのやり取りなど。いつも日記をそばに置いてメモしていたのだろう。赤いボールペンで囲ったり、線を付けたりしている。こまかいことまで書いている。忘れては困ると思い懸命に書いたのだろう。

母の懸命さがよく分かる。それと父を思う気持ちも書いてあった。口ではそれほど言わなかったが……。母の思いが胸をえぐった。

大事に母の日記ケースに収納した。「平成十五年　坂北村長寿番付」も一緒に入れた。父と母の名前が揃って載ってる、最後の記念である。

11月19日～20日
義母の三回忌に立ち寄り　役立つものを探して使う

夫の母・加津美母さんの三回忌で松本行き。法事の後は崖の湯の「明神館」で一泊する。兄弟皆揃って元気なのは良きこと。来年からきょうだい会をやろうと決まった。初めての当番には鎌倉の次兄夫妻。ようやく皆自分達が楽しめる年代になったのだ。十年くらいは大丈夫かな。

坂北へは昼前について、まずブルーメンで昼食。これが夫婦の定番。いつも同じものだが、おいしいから好き。雨が降りそうなので、休まずに、ねぎ掘り、お墓参り、草取りなど精力的にすませる。山崎さんにご挨拶に。お茶をご馳走になる。おいしい煮物はふるさとの味。貞子さんもよくやるね。午前中にお客さまがあったとはいうが平気な顔。偉いなあ。

夜は湯豆腐鍋。台所をきれいにしてあるので、気持ちがいい。早めに寝る。爆睡だった。二人とも良く働いたからね。

翌朝はねぎを子供三人と、私達が持ち帰るように箱に詰める仕事から始まる。母もよくいろいろ送ってくれたことを思い出す。母は丁寧な人だった。私は早いけれど雑。いつもこれがけんかの原因だったが。母さんだったらどうするかなと思いながら、野菜を丁寧に詰めた。

ちょうど、貞子さんが新米と白菜、ブロッコリーなどを沢山持ってきてくれたので、箱に上手に詰めた。まだ少し隙間があるので、母さんの押入れを探す。缶詰や、調味料などは沢山あるけれど賞味期限を過ぎたものは若い人にはあげられない。私が頂くことにする。

母の部屋の押入れは一級の食糧貯蔵庫だった。いろんなものの買い置きで溢れかえっていた。徐々に片づけて、だいぶきれいになった。

押入れの片隅にきれいな包装紙が立てかけてあった。花柄や縞柄など、十枚単位で巻いてある。新しいのを店で買い求めたものだ。母はよくこんな包装紙で包んで、人さまに何か差し上げるときに包んでいた。ちょっとしたものを買っておいては、気持ちを差し上げるのが好きだった。その包装紙を持ち帰ることにした。しわひとつなく、きれい！　私も丁寧に新聞紙に包みなおして車の後部座席に置いた。

いつも要らないようなものを沢山買い込むので叱ってばかりいたが、いまこんな風に母の残したものを使わせてもらう。不思議に感動的！

何が役に立つかは分からないものだとつくづく思う。しかしこれも母娘だから出来ることかもしれないが。

平成19年（2007）

2月10日
信州日記展で行く　父の命日忘れる

今年は暖冬。今年になって初めて坂北へ。

「信州坊主」での日記展の企画に合わせて、宮下さん、細田さんの取材もかねて帰った。西条のおばさんに連絡したら「七日は父さんが亡くなった日だね」と言われた。ああ、そうだったと気づく。

庭も何となく生き物の息吹が感じられる。

お墓に行く。南天の赤い実、白い実を手折って。枯れ草の生い茂る田んぼ道を歩くと、ふきのとうがいくつか頭を出している。母は春一番、いつもふきのとうでふき味噌を作ってくれたものだ。今年は暖かいのに、なぜかふきのとうは小さい。

山崎さん夫妻は休日で珍しく二人揃っていた。お茶と、お昼ご飯までごちそうになる。白菜のお浸し、のり巻き、キノコの煮物など美味しく頂く。おみやげにもらった白菜四個と、ジャガイモやねぎなど荷物を二つ作って、貞子さんに「ささや」まで送ってしまう。

来月は母の三回忌である。

3月8日～11日
母の三回忌

三月十一日、母の三回忌。あれこれ準備をする。夫は蕎麦。私は黒豆、煮物、酢の物、寒天よせ、粕漬けを作る。

皆母の好物だったものだ。出来るだけ手作りしてあげたい。

今日は母の亡くなったときのことが思い出されてならない。そのとき私がいかに冷たかったか……。もっと優しくしてあげれば良かった……。

遺影の前で「かあちゃん、ごめんなさいね」と呟くと、涙がこぼれる。

どうしてもっと心を添わせてあげられなかったのであろう。ごめんなさい、ごめんなさいね。

母の三回忌は弟夫婦と私達夫婦だけの内輪の法要である。碩水寺から和尚さんをお呼びした。心配はしていたが、案の定、雪になった。

母屋の居間で読経を頂いた後、雪道をお墓まで行った。朝は激しく降っていた雪だが、そのころには止んで、思ったより楽に歩けた。弟が塔婆を持ち、和尚さんと話しながら先頭に。私達夫妻はちょっと離れて後に続く。お墓に着くと頭といわず、顔といわず、体中に、樹木から雪が落ちてきたというより、舞い落ちてきた。春の雪なので早くも解け始めて、水滴のようである。

上を見ると、小枝に積もった雪が何と美しいことか！　久し振りに見る雪景色！　遠くの山々も真っ白で、白い空に、家々や森木立の黒い姿がシルエットになって、まるで墨絵のような美しさである。

こんな美しい景色を母さんは見せてくれた。こまやかだった母さんらしいなとしんみりする。夫はまめに写真を撮っている。

「母ちゃん、父ちゃんと仲良くしてるかね？」

お墓に向かって、いつもの私の挨拶。弟がくすりと笑った。

直会は農協から取った握り寿司、さばの煮物、あげとこんにゃくの煮物、てんぷら、漬物、煮物は私。お吸い物は弟嫁さんが作った。気軽な、楽しい昼のひとときとなり会話も弾んだ。若い和尚さん、けっこう面白い方だ。

「母さんがよくそこに座っていたよね」

皆が頷きあった。和やかなこんな光景を母はきっと喜んでくれるだろう。

あっという間に弟夫妻が帰る時間。今回は位牌を持って帰ってくれた。無造作に紙袋に入れたが、そんなに気軽に持ち帰ってくれたことに、私はほっと救われる気持ちがした。跡取りに連れ帰ってもらって、父さん母さんとも何よりうれしいのではと思った。

「姉さん、寂しかないか？」と弟が聞いた。

「お墓に行けば会えるもの。寂しくはないわよ」ときっぱり答えた。

4月22日
水仙満開

二十日から夫と坂北へ。ジャガイモとねぎを植えるためである。天気も良く、桜満開、水仙も満開、木々の若芽が芽吹いて、最高の季節である。

一番うれしかったのは母がかわいがっていた水仙が今年も見事に咲いていたこと。お墓や仏壇にも挿した。山崎さんが耕耘機で何回か起こしてくれていて、土の準備も万端。種芋も買っておいてくれた。ねぎは夫が麻績の市川、坂北の小林興産、西条のコメリと走って、肥料と一緒に買ってきてくれた。

貞彦さんは仕事で松本へ通っている。その間に自分の田畑もありご苦労なことである。腰が痛いといつもこぼしている。うちの畑の管理まで申し訳ない。いつも夫と「いつまで続けられるかね」と話してはいる。私達も車で五時間も掛かるので、なかなか大変である。こちらもいつまで続けられるかなあ。

夫が母と約束した芋植えである。夫も「もう三年たったねえ」と感慨深げ。

月に一度と決めて頑張っている。花に慰められ、風に吹かれて、まだまだと自分に言い聞かせる坂北行きである。

5月30日～6月1日
母の楽しみが乗り移る

雨が降ったり止んだり。良い天気とはいえなかったが、暑くなくて仕事がはかどった。外仕事は涼しいくらいが良い。ジャガイモに肥料。土寄せ。ねぎの草取り。畑仕事は夫。貞彦さんに教わりながら手際良くこなす。

私は庭の草取り。湿っているので抜きやすい。片っ端から抜く。見る見るきれいになるので、止められなくなってしまう。私って草取りが好きなんだなと呟いてしまう。母もきっと楽しかったんだな。亡くなる前の秋、「私は外にいると時間を忘れる」「朝起きるとつい庭に出て働いてしまう。食事も忘れて」と言っていたのを思い出した。母は幸せだったんだとしみじみとした気分になった。

いまを盛りに咲くのは、ルピナス。紫、ピンク、白の三色が、たくましく成長して見事に咲いている。特にお風呂場の南側、井戸の前の一角はルピナスの一群が実に見事である。貞子さんが来て「おばちゃんはこの花を欲しがって、何回も植えたんだけれど、亡くなってからこんなに見事に咲いてねえ」と話してくれた。

一方元気がなくなる花もある。幾つもあった芍薬の株は一つになってしまった。次男の一歳入院のときの記念に植えたという石楠花も昔の勢いがない。ボタンもしかり。椿の花もしかり。たまに草取りをする程度で元気に咲けとは無理なこと。

私達はこの度、八千代からジャーマンアイリスの株を沢山持って行った。夫が竹炭つくりの先輩・佐々木さんから頂いてきたもの、坂北に根づかせようと考えたのだ。草取りを終えた庭を見回して、空きが目立つ寂しそうな場所五、六箇所に二人でしっかりと植えた。これから雨の多い季節が来るから大丈夫だろう。

帰るときには、八千代にも紫蘭と桔梗を六、七株掘って、持ち帰った。車なので、重たい物を持ち帰ることも出来る。ありがたいことだと思う。以前は草をとるのがやっとだったが、ようやく自分でも何か植えて咲かせようという気持ちになってきた。母の楽しみが私に乗り移ったのだろうか。

6月22日
初めて父を思う

雨だと分かっていても行かねばと坂北へ。玉ねぎの収穫の時期なのだ。何やかやと忙しいので、車はやめて汽車で日帰りで帰ると夫。「俺一人で行って、即、帰る。そのほうが楽だし」と一人で行くことにしていたのだが、私が無理を通した。いま行っておかねば、八月まで行かれそうもないから。三男お嫁ちゃんの出産が七月末なのだ。上の孫を預かるという大役がある。お盆には何としても帰りたいとは思うけれど。坂北に行くことを自分に義務づけてきた勢いを、何としても持ち続けたいのだ。「ともかく行く」と強引にあずさに乗った。

坂北に着いたらもう土砂降り。夫が玉ねぎを抜き、私が結わえて吊るす。手際良く一時間ほどで完了。玉ねぎも数はないけれど大きくて立派。うれしくて、ついニコニコになる。途中で運良く日が差す。急ぎ庭の大きな草だけ抜く。晴天続きのためか、前回の草取りが良かったせいか、草はさほど出なくて助かる。花もバラや菖蒲など五、六種類が咲いているのできれいなところだけ切って、お墓へ行く。いつでもお墓に挿す花が、庭にあるというのは、母の花好きのおかげだ。

帰るとまた降ってきた。一杯飲んで、夫はひと休み。私は山崎さんに挨拶に行く。腰が痛いと貞彦さんが寝ていた。大変なのだなあと申し訳ない気持ちになる。家の畑の世話までさせている。いつまで続けられるか。この先、五年は無理かなと思う。

雨も止まない。思い切って「離れ」（母屋から五メートルほどの所にある別棟）に行く。離れは父の思い出が詰まっている空間。いままで見ることもなかった引き出しを開けてみる。整然と整理された書類や封筒が十個ばかりある。中を覗いて驚いた。日記帳と書かれた小さなノートが出てきた。え、え、え。最晩年の毎日の記録。平成十二年から十五年くらいのものだ。「寒い」「寒い」と連日書いている。書類には「別所顚末」「長生堂顚末」「郵便局顚末」などと表紙がついている。こわごわ覗くと、まあ、手紙や文書などが時系列にきちんと貼り付けてある。お父さん、ああ、お父さん、胸が苦しくなった。

いつも母の味方をして父と敵対していた私。申し訳なさで涙がこぼれた。

大雨の中、坂北を辞した。

8月13日 弟との考えの違い

母さんへ。

八月四日、うちでは三男のところに下の子が生まれました。元気な男の子でした。初孫の悠くんね、母さんが「特別の子」だとほめてくれた悠くんももう三歳。きっといいお兄ちゃんになるでしょう。ママが入院中の一週間だけ預かりましたが、とても良い子にしていて感心しました。

母さんが、家の子供達を見てくれたときのことをいろいろ思い出しています。北海道に二回。それぞれ三週間も来てくれていたんだよね。最後は疲れたって横になっていたね。あのときは少し腹を立てたりしたけれど、いま同じ立場になってよく分かります。孫は可愛いけれど、疲れるね。若いときには分からないことです。

今日は母さんにちょっと聞いてもらいたくてね。これは夫にも言えないのです。実は弟との距離のとり方です。いままでも我慢して来たのだけれど、今年のお盆もあってね。弟夫婦は迎え盆。私達は送り盆と分担を決めたのですが、次男一家、長男が来ることになって、一泊を希望してきたのです。彼らも勤め人でもあり、「やっと時間がとれるので坂北で一泊したい」とのことです。弟の分担の日なので、弟におうかがいをたてたわけです。答えはやはり困ったような様子。それで私達松本に宿をとりました。いつもの「ホテル飯田屋」です。食事は近くのを居酒屋で予約してほっとしました。そうなれば翌日の朝、早々に坂北へ行き、お墓参りをして、弟にも挨拶をしたいと、それしか方法はないのですが、弟曰く「僕は小学校の同窓会。妻は翌日仕事なので早く帰る」とのこと。びっくりしました。せっかく和田家のお客さんが来るというのに、跡取りさんがいないとは。遠来のお客さんにお昼ごはんぐらい用意してほしかったなあ。

でも母さん、私はけんかはしません。きょうだい仲良くするのが、母さんは一番うれしいものね。そしていまこんなふうに考えることにしました。

聞いてね。

ひょっとして私の方が間違っていたのかもしれませんね。ここは弟の継ぐ家ですもの。家の片づけも、畑仕事も、庭の手入れも、私はこんなに自由にやらせてもらっているのに、その上にあれもこれもと要求し、愚痴を言うなんて。自分の意にそまぬことがあっても、相手の立場を理解して、自分の方が一歩も二歩も譲れるようにならなければいけませんね。母さんはそんな人だったものね。私も母さんのような優しい人になりたいです。見守ってくださいね。

8月14日〜15日 父の日記と家計簿発見

十四日の昼には夫が蕎麦を打ってくれた。弟はいないけれど、子供らには一応の格好がついたか。私はすまない気持ちで一杯だった。でも皆それぞれに楽しんでくれたようでほっとする。長男が汗みどろになりジャガイモを掘ってくれた。

大きな段ボール箱に一杯入れて持ち帰った。次男一家のための荷も作ってくれた。前日から丸一日、私はいろいろと長男と話すことが出来た。彼に対して思っていたことのいくつかを言葉にすることが出来た。それも冷静に。彼の答えも冷静であった。これからのこともやはり話し合って良かったと思う。彼の思いもよく分かった。うれしく思った。今回はこんなに話せたことが一番の収穫だった。これも坂北のおかげかもしれない。長男は坂北を特別に思っていたのだ、うれしかった。

十五日は一日家で静かに過ごす。夫は半日昼寝。私は漬物小屋と風呂場横の農機具置き場の片づけ。壺や桶を二十個ばかり洗って、干す。壺は使えそうなものをいくつか持ち帰って八千代で使おうと思う。野菜入れや玄関回りの装飾にもと前々から考えていたので。こんなに暑いのに、汗たらして働けることをありがたいと思う。
午後は山のようなアルバムの整理。母は無類の写真好きだった。何とかいつでも見えるようにしてあげたいと思っていた。ようやくその時間が持てたのだ。一回では出来ないだろうが、この秋にかけて本気でやればと一応の段取りだけはつけた。
父の寝ていた後ろの戸袋に今度は父の家計簿を発見した。驚いた！　昭和二十年代の実に詳しい家計簿！

新婚当時、私が生まれたころのお金の出入りが詳細に記されている。山崎さんの蚕室、そして離れに住んでいたころのことだ。やっと新築した昭和二十九年ごろまで記録がある。なんと立派な記録ではないか。

一言も話してくれなかったけれど。家計簿には父さんの几帳面さが、数字への執着が現れていた。当時の貧しさもよく分かる。父さんはすごい人だった！　私達は、父さんの堅実な家計管理の上で思う存分、暮らせたのだ。父さん、ありがとう。私はそれが分かってうれしかった。でも、生きているときに話せれば良かったのに……。父の偉大さに触れる。が、遅かった。

9月23日～24日
秋祭　行事はふわりと死者を蘇らす

一人で坂北へ行った。庭中がコスモスの花、花、花。うれしくなってしまった。一人で過ごしても、こんな賑やかな花に囲まれていれば楽しい。夜が怖くて一人で泊まれない私なので、コスモスを見てほっとした。これならば大丈夫。これなら大丈夫。

暑い夏の間に雑草がはびこっている。取り出すと面白くて止められない。部屋の掃除をと思いながら、初日はひたすら草を取り続けた。

お墓には庭の花を持って行った。コスモス、秋明菊、彼岸花など。みな母が丹精込めた花ばかりだ。お墓に供えられてうれしい。お墓で蛇に遭うというハプニングがあった。蛇は大嫌い。大慌てで逃げるようにお墓に向かった。男女四人の一行様がすぐ下のお墓を掃除しお参りしている。「りえさんかい？」とひとりが声を掛けた。誰？　どこかで見たことのあるような懐かしい顔。「どなた？」と尋ねるしかない。「宮崎だよ」と言われても思い出せない。若い方の男性が「おれは弟さんの同級生」と名乗ってくれた。しばらく話をする。ひと足先に彼らは帰っていった。後で貞子さんに聞けば、この宮崎さんがシルバーさんの責任者。お盆前に庭の手入れをしてくれたという。ああ、そうだったのか、言ってくれればお礼を言えたのになと残念に思う。今年の草取りは実に丁寧だった。お盆に行ったときには草一本生えていないのに驚嘆したものだが。

いま花盛りのコスモスも「花だと思うもの」は抜かないように残していたからなのだろう。そう貞子さんが教えてくれた。宮崎さんはきっと几帳面な方なのだろう。また優しい方なのだろう。そんな方にこれからも草取りをしてほしいなと思う。草がはびこれば、母の花が枯れてしまうから。丁寧に大事にしていかねばならないもの。

夜は貞子さんに誘われて、花火を見る。偶然だが、中村のお祭の夜だったのだ。二人で貞子さんのガレージの前のコンクリートに椅子を持ち出して、座って、三十分の花火をしっかり観賞する。目の前に大きな花火がどーんどーんと上がる。思っていたよりも見事だ。貞子さんが「よくこうして見たよ」と母との思い出を語ってくれる。母が楽しんでいた様子を想像する。「煮うどんを鍋で買って帰った」と四阿屋山（あずまやさん）のお祭のときもいつも電話で話していたっけ……。祭好きの母だった。花火もきれいだった。日中は暑かったけれど、夜は肌寒い。カーディガンを羽織る。貞子さんを家に誘い、十一時まで話し込む。ナイアガラ（ぶどう）をご馳走になりながら。

母に導かれてのこの度の帰省だった。夜もぐっすり眠れた。ありがたい。

タクシー
詰所
平林 2135
医者 2934
鳥羽 2435
役場 2211

平成20年（2008）

2月1日
母が作ってくれた味

近くに住む孫がインフルエンザになって高熱で何も食べないという。イチゴを買って持っていこうか、他に何か……と考えていたら、ふと思い出したものがある。私は子供のときによく熱を出した。医者に行くほどでもないときは、布団に寝かされて、水枕を当てられていた。ねぎを焼いて喉に巻かれていたこともある。かなり強烈な匂いだったが、熱さは長く続いて、喉の周りが気持ち良かったものだ。食べ物はといえば片栗粉。鍋に片栗粉に砂糖、水を入れて箸でぐるぐるとかき回す。白い色が透明になり、とろりとしてくれば食べられる。おいしいものではないが、喉に優しく、元気が出るような気がした。ずっと忘れていたが、急に思い出した。なぜだろう。

すぐに作ってみたら、少し難渋したが、ほぼイメージ通りに出来た。これに砂糖をかければ、信玄餅のようになるなと気づいた。まだまだ頭、ぼけてはいないと自信を回復。こんなちょっとしたことも、母のお導き。片栗粉ときな粉、それに小さな鍋を持って、孫を見舞う。熱も下がって元気でほっとする。思い切って台所に立つ。道具も場所も新居でぴかぴか。不案内だが、ママに聞きながら調理に取り掛かる。水加減が上手くいかなくて、何度も追加。硬くなったのを懸命に緩める。いい加減が私のモットーなのだが、片栗粉の使い方は練習不足。何とか適当なやわらかさで、固めて、きな粉をまぶして、まずはママに一口!「おいしいですよ!」。さっそく「悠くん、おばあちゃんが、お餅を作ってくれたよ」と。「うん、これは前に食べた味だ」とのたまいながら、悠くんが二個ほど食べてくれた。まあ、良かった! 何とか合格かな。

母の思い出の味を孫に残すために、私ももうちょっと練習しなくちゃ。母の味を、ぬくもりを孫に伝えたい。

3月12日
同じ思いの人と慰めあう

今日は母が亡くなって三年目の命日。今日も母の遺影に「ごめんね」と声を掛ける。何時も「ごめんね」しかない。あの最期の日にそばにいてやれなかったことへの悔いが、いまも強く残っている。振り払っても振り払っても消えない。

子供に対する母親の気持ちと、母親を思う子供の気持ちとどちらが強いのだろう。よく「親が思うほど、子は思わず」と言うが。

田中順子さんから電話を貰った。「嫁さんの四十九日を終えました」とのこと。お嫁さんを亡くした息子さん一家も少しずつ新しい生活にもなれて、ひと山越えた感じだと言う。元気で、頑張りやさんの田中さんがこのたびばかりは子供や幼い孫の先々のことを考えると悲しくつらく、夜も眠れなかったと言う。最前線に立っての育児サポートで、自分の体も変調をきたし、医者に行った。一時は私も「田中さんが倒れないか」と心配したほどだった。

しかし子供らの立ち直りが早くて「うれしい見込み違いだった」とのこと。息子さんに「まあ、お袋は心配しないでくれ。自分の生活を大事にすること！　自分らは自分らで頑張っていけるから」と心強い言葉で逆に励まされたと言う。「息子もしっかりしたもの、四十男の分別があって驚いた」「私のしたことは老婆心だ。老婆心とはよくぞいったもの。心配のしすぎだったのだ」と田中さんは笑った。

私は自分の子供達の顔を思い出していた。何時も心配の種が消えないのだが、こちらが心配することではないのかと。子供は言ってくるだけで自分らで解決する力を持っている。また親が親流儀で解決策を出してもうれしくはないのだ。あれこれ思い出してみる。そのときに取った息子らの行動も。全部自分達で解決している。

なのに、また心配を繰り返す。

母親は、子供が底なしに可愛くて、心配なのである。「父親と違うね」と最後は田中さんと笑い合った。

3月22日
一人の夜　心穏やか三年たった

今年になって初めて坂北へ行く。クロッカスの花が紫、黄色、白と咲いていた。水仙が花芽をのぞかせていた。母が亡くなる前に植え、「大事にしてね」と言っていたあの白いぼたんも元気な芽をつけている。あちこちにいろいろの花が芽吹いて、春を待っている。花咲く日が近いことを喜んでいた。母が丹精こめて育てていた花々を守りたい。そう思って三年目だ。今年も冬の陣を通過して、いよいよ春の陣だ。また月に一度の坂北通いが始まる。山崎さんとお酒を酌みかわすことも、夫には楽しみのひとつだ。子供や孫との出会いも楽しい。今年は坂北を舞台にどんなドラマが展開されるだろう。

夜はひとりで静かに眠れた。私もすいぶん心穏やかになったもの。

4月16日
ズボンを直す　私の中に母がいる実感

お気に入りのパンツスーツ。アメリカ製の上等で、私にしては思い切った買い物だった。さすがにどんな場

所にも負けない風格がある。大勢の方に褒められた。何と口の悪いSさんにまで「お、君、いいスーツだね」と。

ついつい出番が多い。ある朝、スラックスのほうに足を入れたとたん、びりっと大きな音がしてあわてて覗くと、十五センチも裏地が裂けている。ちょっとしたほころびに足を突っ込んでしまったのだ。大急ぎで縫い合わせて急場をしのいだ。が、そのまま忘れて放っていた。ところが先日また同じように足を入れたとたんびりっと大きな音。同じところが同じように裂けてしまった。どうしようか、まさかこのまま放っておくわけにもいかない。高﨑さんにでも頼もうかしらと考えたりした。がこのようにみっともないものを恥ずかしいようにも思って、そうだ、自分で直してみようと決心した。

黒のパイピングテープを買ってきて、裂け目に沿って縫いつければ強い補強になる。百円ショップに行ってパイピングテープを探すがない。何か代わりになるものはないかと探すうちに、良いものが目に入った。葬式用の黒いネクタイだった。バイアス地を使ってあるし、案外丈夫そうではないか。一本百円なら安い。購入する。さっそくチャレンジしてみた。ネクタイをじょきじょきと思い切りよく切り開く。裏地や芯は取って、表地はネクタイの幅はそのままつかえそうなので、スラックスの裂け目に沿って縫いつけた。びっくりするほどしっかりした補修が出来た。これでこのスーツは生き返った！

我ながら何といいアイデアではないか。

母が補修などは得意で、小道具や衣服の直しを簡単にやっていた。あの姿を思い出した。セロテープで補修を重ねた母の最期のめがねが、いまでも仏壇に載せてある。モノは直して大事に使いなさい。この真実を教えてくれたのは母だ。まさに私の中に母が生きている実感！

母が作ってくれたものは多くはなかったが、はっきりと思い出すことが出来る。小学校二年生のころ、えんじの色のジャンバースカートを作ってくれた。それはいわゆる更生服で、何かこわして、染めて、縫ってくれたもの。それが出来るまで私はわくわくしながら、始終、母のそばにかがみ込んで眺めていたものだ。母は丁寧な人で、縫ったり解いたり納得のいくまでやり直すので、出来るまでに時間が掛かった。

セーターを編んでもらったこともある。ピンクと若草色の縞模様の前あきカーディガン。とても気に入ってよく着たことを覚えている。が、完成までが大変だった。編み、また解きを繰り返している。忙しい母はそればかりをしているわけではなかったろうから、無理もないのだが、なかなか出来上がらない。私はいらいらしながら見ていた。遠足の日に着せたいと言っていたので、楽しみにしてるのに、とうとう間に合わなかったように思う。母はよく言っていた。「私はどうも苦手。あまり器用じゃないね」。負けず嫌いの母がそう言うのだから、多分縫い物はそんなに得意ではなかったのだろう。というより、あまりに几帳面で完璧を期する性格のために、疲れてしまったのではないだろうか。そこは私と違うなあ。

4月19日～20日 夫から春のたより

夫がジャガイモとねぎを植えに、坂北へ行った。私も行くつもりだったが、「日記ろまん」の編集が差し迫って困っている姿を見てか、「俺が行ってくる」と一人で出かけた。山崎さんと男同士お酒を飲みたいという気持ちも理解出来る。先月は私が一人で行ってきた。夫にしたら野菜づくりを担当する責任感と誇りもあるのだろう。お願いすることにした。

坂北に着いた、お墓には水仙を切って行く、ジャガイモを切って干している、山崎さんにお招きにあずかった、筍ご飯と「こごみ」のてんぷらがおいしかった、朝はいま食べた、これから山崎さんに教わってねぎを植える、午前中にやってしまったのでこれから松本のお墓へ回るなど、刻々と電話を入れて報告してくれる。情景が手に取るように分かる。

彼はその日は遅くなって帰宅した。電車の乗り換えが悪かったらしい。忙しい二日間だったようだ。デジカメで坂北の景色を写してきてくれた。母の水仙が庭一面に咲いている。お墓の山桜も満開だ。ジャガイモ、ねぎを植えた畑の様子。剪定したムクゲの枝は揃っていてきれいだ。土手にタンポポとクロッカスが美しく咲いている。坂北の春きれいだなあと何回も眺める。本当にありがとう！

5月5日
母の本拠地・ベッド周辺に突撃！

二人で坂北へ行った。連休前半は夫が佐倉で蕎麦打ち、そしてオイコス仲間との田植えと欠かせない行事が続き、結局は五月四日に出発となった。坂北には二日滞在して、鬼無里（きなさ）、戸隠、須坂をまわり、帰宅したのは七日であった。鬼無里には父が植林をした林があり、生前父が私名義に変更してくれていた。一度は見たいと思っていた。結婚前、私が二年間だけ教職についた須坂。夫に見せたいと思っていた。念願がかなった。

＊

坂北では水仙が最後の花をつけていた。春の名残の花が力をふりしぼって咲く姿は、母の晩年を思い出させてくれた。ぼたんと芍薬、ルピナスはしっかり蕾をつけていて、一ヶ月後には見事だろうなと想像出来た。夫は山崎さんから頂いて長ねぎも二列増やし、家から持って行ったミョウガを植えた。山崎さんから草刈機を借りて境目をきれいに刈り込んでくれた。庭の草も、私は大雑把ながら道だけは開けた。

母が亡くなって三年経つ。何度も何度も帰るのだが、母のベッド周りを片づけることが出来ないでいた。五月晴れ、夫と一緒だという心強さからか、自然にベッドに座っていた。母の枕元にはいろいろのモノが雑然と置いてある。薬の箱、手紙類、写真、メモ用紙、ノート数冊、新聞の切り抜きなどなど。埃にならないように被せてあるハンカチーフを静かにあける。ふわりと母のにおいがする。

メモ用に広告を切って何枚かを洗濯ピッチで止めるのが母の流儀。いくつもいくつも作ってある。広告の裏がもったいなかったのだろう。はじめの何枚かに何か書いてある。料理の作り方、頂きものをしてお返しをしなければいけない人、病気の症状、お金の出し入れ、珍しい外国語など。いかにも母らしい几帳面さだ。

そんな中に一枚の厚紙があった。丁寧にぎっしりと書いてある。読んでみると父を亡くして半年、独り暮らしをしていた秋の手記であった。

「利栄子達は旅行に行っていないけれど、西条のおばさん、貞子さん達も本当に良くしてくれる。ありがたいとつくづく思う。夏のころは不安で不安でいけなかったけれど、このごろは落ち着いて、自分ひとりでも何とか生きていけそうな気持になってきた。皆に助けてもらいながら明るい気持で前向きに一日も長く生きてゆきたい」。亡くなる四ヶ月前に書いたもののようだ。もう膵臓ガンは進行していて辛かったであろうに、何と前向きな気持ち！　母の根性を見る思いがした。

のろのろと時間ばかりかかって、片づけは一向に進まない。ようやく不要なものをひとまとめにして、焼くことにした。火をつけた。風が出てきて火は勢いよく燃え上がる。そのとき、いまや燃えようとする一枚が！はっとしてつかみ出して火を消す。あのけなげな「秋の手記」ではないか。間違って放りこんだのだ。少し黒焦げになったが無事だった。こんな大事なものを燃してはならない。まさに九死に一生、母の命の証だった。

5月4日〜7日
坂北帰りの楽しみ　山の幸から生きる力をもらう

信州帰省の楽しみに、野菜や山菜を持ち帰れることがある。春のこの時期はもちろん山菜。家の畑まわりにふきが沢山成長している。まだ十センチから二十センチくらいの伸び盛り。一番おいしいころ。次に来るときでは大きくなりすぎて駄目。全部すっかり採る。滞在中に半分でも処理しておけば千葉へ帰ってから楽なので、太さに合わせて三分の一を茹でてしまう。保冷庫に入れて持ち帰る。帰宅は夕方だったが、すぐに筍と煮物にして食卓へ出すことが出来た。ちょっと鼻高々である。夫も「さすがだね」と上機嫌でビールを飲んだ。

ウドは山崎さんの田んぼの畔に密生している。毎年貞子さんから「好きなだけ食べて！　おみやげにもどうぞ！」と言われているので、お言葉に甘えて、たっぷり頂いて帰る。今年は少し成長が早いのか伸びきっているので少な目の五本ほどお土産に頂いた。茹でてみるとこれが意外にも柔らかくて驚く。半分は味噌和え、半分はニンジンと椎茸といっしょに金平風に煮る。おいしい！　まだ残っているので、茹でて冷凍にする。これはいつか「とうじ蕎麦」の実にいい。次の楽しみも残せた。

鬼無里で取って来た「こごみ」は芽吹いたばかりで、まだ五センチにもならない。かわいそうなくらいの赤ちゃん芽である。鬼無里の森を案内してくれた徳武さんは「大きいのは採らない。小さいのがおいしいよ」と教えてくれた。それほど沢山生えていたのだ！　夢中で採るのも楽しかった。が、食べてそのおいしさに感動した。これほどおいしいこごみは初めてである。沢山あったので毎食ご馳走になりその度に「おいしいね」「この世にこれほどおいしいものはないねえ」と夫と笑顔をかわす。

今日は私の六十四歳の誕生日！　山菜で命をリフレッシュ。ただただ感謝である。父母が亡くなり受難の六十代幕開けだったけれど、これで乗り切れるか！

5月29日～31日
夫が一人で

夫が坂北に行ってくれた。彼の中学の同級会に出席のために以前から帰省を考えていたのだが、宗弘兄が入院で、緊急検査をするというので、見舞いに寄るために、坂北滞在期間を延ばしたのである。

「びっくりだよ！」。坂北に到着早々の夫の声である。何何何？ と訊ねると、「白いボタンが咲いていたよ！

二十センチもある大きな花だよ！」と興奮した声は続いた。ああ、母が残した白ボタンが迎えてくれたのだ。

写真を撮って帰ったら見せてとお願いする。見るのが楽しみである。

父が亡くなったときに母が買ってしばらくは物置の土間に置いていたが、半年以上もたって秋口だろうか、
やっと植えた白ボタンだ。そのころは母はかなり膵臓がんが進んで弱っていた。

「父さんの形見だから大事にしてね」と何度も言っていた。ともかく母との約束は果たせた。

夫は雨模様の中を草取りや木の剪定をしながら、歩いて買い物に行ったり、食堂に行ったりしながらのんびりと過ごしたらしい。

ところが、夕方、宗弘姉さんから検査の結果が伝える電話が私のほうに入った。何と「悪性腫瘍」で、余命半年と宣告されたとか。姉さんは冷静に伝えてくれたが、ショックは隠せない。私も言葉を詰まらせた。すぐに夫に伝える。一人で坂北のような淋しいところにいるので、こんな悲しいニュースは堪(こた)えるだろうなと気の毒に思う。大丈夫だろうか。母がガン宣告されたときも夢見心地だった私。姉さんもそうであろう。複雑な思い、寝苦しい夜だった。

7月22日
ありがとう　庭を残してくれて！

「あなたは何が趣味ですか？」

「何もないんですね」

寂しいけれどこう答えるしかない。

まあ、無理して言えば、庭の草花を見ることかなあ。朝晩、庭を歩く。八千代の家は本当に狭い庭だが、いつの間にか自分で好きで植え込んだ、木や花が、元気な姿を見せてくれている。

あるときは枯れかけていると「病院」と呼ぶプランターに入院させる。あるときは消毒薬をかける。あるときは切りつめる。すると必ず元気になる。生き物は愛情をかけると必ず元気になる。それを見て私も元気になる。これこそ自然の摂理なのだ。

この家を買って三回のリフォームをした。その度に庭も随分小さくなった。しかし角地なので裏にも横に細長い空き地が残った。毎年少しずつ手をかけた。東側にはゼラニウム通りを、西側には背の高い野草ばかりを集めた。前庭にはリフォームのときに出た大きな石を並べて道をつけ土を入れて、「哲学の小径」風に仕立ててみた。外から見ても美しいように、玄関周辺には四季折々の鉢物を並べてみる。

裏の空き地はなかなか実現に至らなかった。坂北からミョウガをもらってきて植えたものが夏には藪になって昨年は五十個ほども取れた。ミョウガの横が空き地になり、雑草が生えていた。そこには今年の春、ナスと、ピーマンと、シソと、アシタバと、モロヘイヤを植えてみた。植えてみると気になって毎日覗かずにはいられない。ぐんぐん成長する。まだかなと思いながらも、シソやモロヘイヤ、アシタバをちょと摘んで茹でて朝の食卓に載せる。ミョウガも採れるようになった。夫と二人で「味が良いよね！」とにこにことご馳走になる。心配していたナスもようやく小さな実をつけ始めた。

坂北で父や母が一所懸命野菜を作っていたが、何の興味も持たなかった。いま野菜からの恩恵を実感している。生き物から食の恵みを頂ける幸せ。両親の遺影に手を合わせた。

7月25日
夕顔は母の味

今年の夏は暑い。もう汗だらだら。熱中症も大流行である。夏に弱い私なので、出来るだけ動かないで暮らしている。何とか元気で仕事をこなしているのは偉い！　と自分を褒めている。

七月の忙しさにかまけて、畑が気になりながらも日が過ぎてしまった。梅雨が明けて、弟が墓掃除の報告メールをよこしてくると次第に心配が強まり、思い切って、山崎さんに電話した。「もう夕顔も、ジャガイモも大きくなってるよ」とけしかけられてしまった。もうやるしかない！　仕事は山のようにあるけれど、夏ばて寸前で、腰は痛いし、食欲はないし……。でも「明日行こう」と二人で決断、決行となった。庭の草も繁茂しているだろう。想像するだに悲しい。

坂北に着くと山崎さんが庭先にいて、畑にお出まし。夕顔は巨大なものがごろごろしている。十二、三本もある。使えそうなものを二本だけとって、後は蔓(つる)を切って捨てた。もったいない。「母さん達はかんぴょうを作ったけれどね」と山崎さんとかんぴょう作りの話に花が咲く。

母はかんぴょう作りが上手だった。剝(む)いて、干して、夏の年中行事だった。手製の器具で夕顔をかつら剝きにして、かんかん照りにござに並べる。まっ白にかんぴょうを仕上げていた。私も子供のころ見よう見まねでかつら剝きを楽しんだこともあったが、母のようには出来なかった。結婚してからは、母は毎年秋になると新鮮なかんぴょうを送ってくれた。ありがたくも思わず、使い切らずに、古くしてしまった。虫がわき、色が変わってくるころ、また母が新しいかんぴょうを送ってくる。新鮮なのはさすがにおいしかった。時が経つと色も変わり、味も落ちる。が、母は古いのも新聞紙を何回も変えて、丁寧に保存していた。少しも無駄にしなかった。

あのかんぴょう作りの道具はどこへいったか。物置の二階を探すと、やはり思ったところに新聞紙に丁寧に包んだ、かんぴょう引きの道具が出てきた。道具を大事にくるんでいる新聞紙。茶色に変色してる新聞紙は平成十年のものだった。母が亡くなったのは平成十七年。亡くなる七年前までかんぴょうをつくっていたのだなあとしみじみとした気持になった。

このかんぴょう引きは木の台の両側に三から四ミリの割り箸状の棒を打ちつけ、そこに包丁を当てながら輪切りした夕顔をかつら剝きしていくというもの。昔はどこの家でもあった。夕顔を輪切りにして、思い出を辿って、挑戦してみた。

私より、夫のほうが上手で、「出来たぞ！」と大喜び。一メートルもの長さに引けている。さっそく炎天下に干した。

夕食は夕顔で味噌汁と「おてっか」にする。おいしい！　母は「夏ばてにはいいんだよ」と言いながら、よく料理してくれた。

夕顔は母の思い出をいろいろ運んでくれた。

今年はジャガイモは見事な出来栄え。二人で夢中で掘り、物置の土間に並べると壮観。子供らにも送った。これで一年ジャガイモには困らない。

自然の恵みはすばらしいな。畑の野菜は、お金に換算したら高価なものにつくけれど、やはり続けたいね。疲れも吹き飛んでいた。

8月3日
遺品の撮影を思いつく

先日NHKで、ある写真家が母親の遺品を写真集にまとめたという映像を見た。母親の使っていた口紅やお皿など。すごい存在感があって、しーんとした気持になった。残されたモノが生前の人の存在を、如実に伝えている。何の説明も要らない厳然たる事実の重みがあった。

先日、坂北へ帰って、父母の遺品だらけの家に寝泊りして、少しも違和感がなく、素直に一緒に暮らしていたころの気持ちになれることに気づいた。気持ちが悪いとか、そんな気持ちは少しも起きない。次第に埃にまみれ、劣化していくもの達を見ると、いつかは片づけなければと思うのだが、その気にならない。まあ、ゆっくりでいいやと逃げてしまう。これは誰でも一緒らしい。

今回の帰省で母の遺品を見ていて、あの写真家の映像を思い出した。私もしてみよう。そうしたら、思い切って決別が出来るかもしれない。やろうと決心した。一冊にまとめて両親の生きてきた姿を焼きつけよう。立派な姿を伝えよう。そうすればすっきりと、思いを断ち切れるかもしれない。

畑つくりの道具。庭の手入れの道具。料理の道具。掃除の道具。着る物。履く物。本やノートや文具。分別収集の各種袋。昔の暮らしの品々。炬燵や餅つき道具も。化粧品や薬の山。殺虫剤や消毒薬。傘や、手袋やカバン。缶詰、ジュース、調味料などの買い置き。トイレットペーパーの買い置き。雑貨の買い置きは百円ショップが出来てからは量が半端ではない。古い衣服は生前私がいっしょに捨てたものも多かったのだが、まだけっこうある。安いものしか買えないと母がよく言っていたが、本当。安物ばかりだ。でも、どれもきれいに手入れがしてある。埃をかぶらないようにビニール袋に入れていたのも母流。手入れが行き届いていた。

まず手始めに手持ちのカメラで十枚くらいを撮影してみた。

9月21日〜23日
「松本一本ねぎ」に開眼

ねぎもかなり大きくなっていた。「松本一本ねぎ」（以降、ねぎと表記）は本当においしいのだ！　夫が五十本ほど抜いて五、六本ずつ新聞紙にくるんでくれた。持ち帰って、中野、塚越、小島、三男宅に持って行った。皆喜んでくれた。

実は私はねぎが嫌いだった。が、母が亡くなってから好きになった。不思議なものだ。母が亡くなる半年前まで自分の手で育てていたねぎ。なんで粗末に出来ようか。柔らかくて甘くて本当に日本一のねぎ。

庭はコスモスが盛りであった。それに秋明菊。桔梗や彼岸花や、菊にすすき。秋の草花が庭一杯に咲く。雑草が生い茂った庭もそれなりに美しい。自然の美しさを眺める。雨混じりの悪天候だったが、

周囲は黄金色の稲田が続き、ちょうどお祭ののぼりがあがり、山崎さんはナイアガラを持ってきてくれた。

　涼しくなったので、いままでなまけていた遺品の片づけを少しずつ再開する。つまらない小間物や食品を買い込んでいた母。私もいつも叱ってばかりいたが、いまになってみるとそれを帰省のたびに使わせてもらっている。こんな形で娘にいまだにエールを送ってくれているのだと思うと、目頭が熱くなる。今回持ち帰ったのは、金ザル四個、釣手四本、籠二個だ。早速便利に使っている。

　帰宅した夜、西条のおばさんから電話だった。市民タイムスに私の記事が出たと言う。

「このごろ母さんのことを思い出す。いろいろのこと教えてもらった」とおばさんはしんみりと言った。

11月2日
玉ねぎを植える

二人でねぎをこぎに、また玉ねぎを植えに坂北へ帰った。天気の良い三日間だった。ねぎは豊作で、四百本近くを収穫。滞在中は三食ともねぎで鍋やら、味噌汁やら。「おいしいねえ」と連発しながら新鮮なねぎを満喫した。もちろん仏壇にも上げた。母が最後まで育てていたねぎだもの。

ねぎをとった跡は草取り、耕し。夫が丁寧にしてくれた。貞彦さんが藁を切って撒いてくれた。いまは「押し鎌」など使わない。機械に入れれば三センチに切れて引き出されて畑一面にばらまかれる。大きな束三個も切ってくれたが、あっという間に畑全体に藁を撒くことが出来た。

前の畑の西側はコスモスやススキ、シオン、セイダカアワダチソウが藪になって、原野のよう。一人で切り開いて、ごみ焼場の灰土を敷き詰める。見かねて夫も手伝ってくれる。二人とも夢中になり薄暗くなるまで熱中。風呂に入り、バンテリンを塗って、早々に寝てしまう。

翌朝はやはり、節々が痛い。町の人間が慣れないことに熱中するとこうなる。が、「身体を動かすのは楽しいね」「爽快感があるね」と二人は満足である。

夜は貞彦さん、貞子さんを招いて食事を共にする。今年は三回も招いて頂きながら、お返しをしていない。年内にと思っていたので、ご馳走はないけれど、心を込めておもてなしをする。

もう年内は帰省出来ないかもしれない。白いボタンの藁囲いもしておこう。

12月31日

母のベッド片づけ　ほかの人に頼むのも一つの方法

弟夫妻が年末年始に坂北へ行ってくれている。メールが来た。寒いときにご苦労様。跡取りとしての責務と考えてのことだろう。

メールに続けて書いてある。「母さんのベッドを片づけたいと思う」と。ああ、ついにそのときが来たのか。なぜかほっとする。昨年来、ぼつぼつと考えていたのだが、なかなか決断が出来なかった。あのベッドだけは無理。母そのものだもの。帰るとまず最初に声を掛け、通る度に声を掛け、一番最後に「さよなら」を告げる。ポンポンとベッドの枕周辺をたたく。なぜか母さんがそこにいるような、母の象徴になっていた。

弟はどんな気持ちで決行したのだろう。寒いときでもあり気が重かったに違いない。お嫁さんと二人でやったのだろうか。

ベッドが消えた坂北の家の情景を思い描くとちょっと寂しい。

母さんが亡くなるまでつけていた化粧品が八千代の家の洗面所に立ててある。処分しようと思っても出来ないものの一つ。今朝思い切って乳液を捨てた。母さんの匂いが立ち上った。このさよならはいつかしなければならぬこと。諦めるしかないのだ。

今回のことで思ったのは、自分で出来ないことはほかの人に片づけてもらうのも一案だなと。

この周辺でも、古い家を壊している現場を通ることがある。家主は亡くなりそこが売られるのか、更地にするためだ。ショベルカーがバリバリと大きな音を立て、家の壁を屋根を、破壊していく。もうもうとした粉塵が舞い上がる。驚くのは箪笥などの家具や衣類など何もかもをいっしょに押しつぶし、壊し、掬い上げて捨てていることだ。ああ、なんと無残な！　しかし人の最後はこんなものなのだ。すべてを消し去る最良のやり方。こんな手もあるのだ……と知ったことで、何か救われる気もする。

新年になったらベッドの消えたあの家に行くのだ。

平成21年（2009）

1月17日
古い日記の中に亡き人の面影を探す悲しさ

北村純子さんから小包みがきた。昨年送っていた五冊の日記を返却してきたのである。もともとは北村さんのお母さん・今井泰子さんの日記だ。五年ほど前に新聞で見て「女性の日記から学ぶ会」の「つどい」においでになり、「私が書いた日記を全部寄贈します」と申し出てくださった。昭和元年からおおよそ八十冊。幼い日から文も絵もうまく女学生時代のものなど目を見張るように美しい日記である。また結婚して広島で原爆にあった後の記述など、証言としても出色で、大喜びしたものである。さっそく活動に使わせてもらった。何回も「女一代の日記」として展示もさせてもらった。

当時は純子さんもよく例会に来てくださった。

その後、純子さんにもいろいろあったようで例会には見えなくなった。伺ったところ、お嬢さんが亡くなられたとのこと。千葉から東京へ転居されてしまった。どんなお力落としだったろうか。「母の日記の中に娘のことが書いてある。読んでみたい」と申し出があり、希望の日付の日記を送らせて貰った。

新年早々返送されてきて、次の三冊を送ってほしいとある。メモには続けて「母の日記を寄贈してあったのですが、娘の生きている証でもあるので、自分のそばに置いておきたい。主人も同じ考えである。出来たら返却してほしい」とある。

北村さんのお気持はよく分かる。日記の中に生きた娘さんの面影を探しておられるのだろう。「了解！」との手紙をしたためた。愛する人を亡くした後の気持ちは、みんないっしょだ。

3月12日
私の中に母がいる実感

母の祥月命日。穏やかな一日。予定がなく一日家に居られる日は珍しい。こんなとき私はたいてい台所に立つ。どこかへ遊びに行こうかとはならない。時間のかかる煮物を作り、冷蔵庫の片づけ、納戸の整理などをする。今日はヒジキと「ずいき」の煮物を沢山作った。作りながら思い出すのは母のこと。なぜか煮物をすると母を思い出す。煮物は母の得意料理だった。病気になり倒れるまで、帰省する私のために豆やごぼうを煮てくれていた。亡くなる半年前、鶏もつの甘辛煮を上手に作り、食べさせてくれた。「おいしい、おいしいね」とほめると、「そうか、まだ私も捨てたもんじゃないね」とにこにこしていた。次回に行くとまた煮てあって、それもすこぶるおいしかった。ほとんどを私が食べた。母はそれから一ヶ月で倒れ、三ヶ月後に亡くなった。もつは母の最期の味だったなと思わず涙がこみあげてきた。

ヒジキが沢山煮えたから、孫達にあげよう。三男一家が、船橋にきてからちょうど二ヶ月がたった。子供や孫が近くにいるのが、こんなにも張り合いのあることかと思う。何か作ればあげようか、何かもらえばあげようかと思う。先日も大豆の煮物を届けた。次はお好み焼き、そして今度はヒジキの煮物。若いものには煩わしいかもと思わないでもないが、幸いお嫁ちゃんが喜んでくれるからうれしい。

おふくろの味を子供や孫に伝えていかねばと思う。日本人の味を丁寧に作り続けていけば、日本人の心は健やかに育つと信ずる。

台所では新たな元気をもらえる。料理は女性にとって一番確かな生きる喜びの一つだ。女性達よ、台所に立とう。いや、違うな。男達も台所に立とう。

3月16日
昔から親しくすれば良かったね

ひとりで坂北へ行った。

母のベッドが片づけられて初めての帰宅だ。「ただいま!」と上がると真っ先に母のいた部屋へ。ああ、ベッドがない。そこにぽっかりと穴が開いたように感じる。が、何か妙にほっとした気分にもなる、不思議なことだ。これでいいのだな……と実感。弟の決断は正しかったのかもしれない。

母が亡くなって四年たったのだ。ひとつひとつ山を登っていく。こうして寂しさを受容していくのだなあ。

夜七時半、夕食を食べ終わったころ、「こんばんは」、貞子さんが遊びに来てくれた。「上がって上がって」。台所のテーブルに座り、あれやこれや夢中で話した。父のこと、母のことも。笑いながら「もっと昔からこうして話せたら楽しかったでしょうにね」と。気づいたら十二時をまわっていた。

布団に入ってすぐに寝入ってしまったらしい。以前には感じていた怖さや寂しさはすっかりなくなっていた。またひとつ山を越えた。

4月20日〜21日
段ボールの要塞撤去

信州はいまが一番良い季節。高速道で見る山々は山桜が咲き誇り新緑も美しかった。

坂北は水仙、ゆきやなぎ、れんにょう、すおうなどが花盛り。

平成十七年の四月。母のお葬式に坂北へ帰ったときのことを思い出した。あのときは、八千代で亡くなった母を、八千代で通夜だけをすませ、お骨を弟の家に置いてもらっていた。お葬式のために弟がそのお骨を、胸に抱いて車の後部座席に座った。私は隣、運転は夫だった。弟は妙に饒舌だった。母はこうして四ヶ月ぶりに坂北へ帰ったのだ。

庭には母が丹精こめた水仙が咲き競い、崩れ落ちそうな気持ちを慰めるように迎えてくれた。「ありがとう、ありがとね」と言う母さんの声が聞こえるような気がしたものだ。

夫がジャガイモとねぎを植えてくれた。私はこの正月に撤去した母さんのベッドの周辺の「がらくた」を整理。空き箱や広告の紙などを燃やして、書いたメモなどはまとめて棚に移した。かなりの量があった薬類は薬の棚に納めた。母が最期まで使っていたハンカチや靴下などもどっさり出てきた。どれもきれいに洗濯されて汚れたものはない。感心した。

　もう一つ。今回思い切って片づけたものは、台所入り口。段ボールで作った手作りの「要塞」を取り払って燃やした。母は段ボール箱が好きで、よくひもで縛って棚を作って雑多のものを収納していたのだ。台所入り口にも段ボールが六個。ガムテープとひもで結わえられて要塞のようになっていた。母らしいので、片づけられなかったものの一つだ。

　なにかひとつひとつ、山を越えていく感じ。

7月17日
早すぎた兄の死

　宗弘兄が亡くなった。満七十歳。脳腫瘍である。昨年の春に発病。病名を聞いても世界にあまり症例がみあたらないような珍しい部位に出来た悪性の癌であった。五月に手術をし、放射線をかけ、化学療法に切り替え、自宅に戻って家族の熱い看病。「余命半年」との宣言を半年も永く生きたのである。

　兄は島兄弟の真ん中で、孝一兄の後を引き継いで「鍋林」の社長を務めた。社長を交代して、副会長での死去であった。仕事熱心で鍋林を名実ともに牽引してきたが、素朴な風貌の中にやさしさ、繊細さを秘めていて、最近では絵を描いたり、音楽を愛したりと多彩な面も見せてくれた。私にはいつも優しい言葉をかけてくれ、お互い深志高校の同窓生という強い共感があった。

　いろいろの思い出の中に三年前の下田でのきょうだい会時のカラオケで「おれは一生お前を放さないよ、いいね、ゆきこ」とお姉さんに呼びかけたときの、少し照れたような顔を思い描く。また発病してからのハーモニカの演奏姿も忘れられない。

通夜の席で夫がハーモニカを持参し、霊前で二曲を捧げた。「秋の夕日に照る山、もみじ……」。哀愁を帯びた音色にゆきこ姉もきわこちゃんらも涙ぐんだ。もうひとつ家族で二十年も登り続けた乗鞍岳、常念岳などの思い出から「山男の歌」を吹き、結んだ。娘達誰かの声が後から聞こえた。「後姿が父に似ている」。

葬儀は「みすず野法祥」で。密葬ということだったが会社関係者も多く見えて賑やかだった。花が百個。弔電六百通。浄林寺の和尚さんが「大晦日にはいつも除夜の鐘をつきにみえていた」と思い出を語った。兄らしい真面目で純粋な人柄が胸にしみた。姉さんはけなげに立派な挨拶をされた。

8月13日～16日
食糧ストックに突撃　瓶や缶詰を片づける

子供達が来ないので、静かなお盆である。坂北でも三泊した。弟とも四、五年ぶりで一緒に食事して一晩過ごした。いろいろの話も出来た。いままではっきりしなかったこの家の行く末について話し合い、基本方針を確認出来たのは良きことだった。

1．家は出来るだけ手を入れずに長持ちさせる。自分達の代までは守る。
2．弟は盆と正月。私らは普段時。お互いに自分の持ち場で責任を果たしていく。
3．友人らにも使ってもらうのも一案である。

すでに分かりあっていたことばかりだが、確認するのは良きことだ。

弟が帰ってから、ジャガイモ掘り。良いのがとれたので、子供らに夕顔や玉ねぎと一緒の宅配便にして出した。送料は四つで五千円。考えれば送料も高いから元は取れないのだが。今年は野菜が不作、特にジャガイモは高いので、喜んでもらえるだろう。

それにしても今年の草はひどい。腰の高さぐらいまでのヒエには驚く。思い切って懸案の草刈り機を買う。さっそく夫がびゅんびゅんと刈り倒してくれる。暑い日なので、すごい汗。何回も洗濯機を回す。

最後の日は母のストックの食料を退治。母の部屋の押入れは、調味料や、ワイン、お菓子などの貯蔵庫だった。母は「ストック名人」でよく買い込んで保存していた。三十袋もあった砂糖やお菓子などは徐々に片づけてずいぶんすっきりはしていたが、瓶や缶に入った調味料やお酒類は手がかかりそうなので、そのままになっていた。

思い切って取りかかる。まず庭先に運び出す。硬くて開かない瓶の蓋は夫に開けてもらう。どろどろを捨てて、洗って、庭先に並べて炎天下で干す。二十本ほど並んだ。一見、きれいに見えても、色や香りも変わり、下には澱(おり)が沈んでいる。母さん、もったいないけれど捨てさせてもらうわよと呟きながら作業を続けた。

瓶類は翌日、帰りの車に積み込む。八千代のごみの日に捨てるのだ。これで大仕事おしまいである。

話は戻るが、母のストック好きには苦しめられたものだ、いや、いまも苦しめられているのだが。しかしときどき、ああ、助かるなと思うこともある。トイレの紙は物置の大きなビニール袋に十梱包くらい保存されていて驚いたものだが、これで一生、この家に帰っても安心だ。軍手や手袋、ビニール袋の類、洗剤などもいくつもストックがある。これも子供に残すというひとつの形なのかもしれないなあとひとりで感心するときもある。とはいえ、ものには命というものがある。母の命が消えたいま、母がストックしたものも当然のことながら命が消えるのだ。

実は、母の大好きだった履物のストック倉庫を開けて、いくつもあった「つっかけ」の中から一足を選んで持ち帰った。玄関周りで使うのにちょうど良い。帰宅早々使うことにした。大きさが良く、これはもうけた……とひとり悦に入っていた。翌日外に出てひと仕事していたところ、私の歩いたところに点々と白い粉が落ちて、次第に大きくなり、足元にこんもりと白い粉の塊がある。ぎょっとして見ると、すでにつっかけの踵の部分が半分にもげて中から白い粉が飛び出してきているのだ！　手で触ると、踵の部分がもぎ取れてしまった。劣化とはかくなることかと実感した一瞬。ものの命には逆らえない。片づけるときが来ているのだ！

8月24日
お盆の新商売

故郷からお墓を移すために大枚をはたいたと言う人が、まわりに二、三人いる。親が亡くなってみると故郷には帰らねばならない理由がない。いまの居住地で一生を終えるつもりだが、長男なので代々のお墓を放ってはおけない。思い切ってお墓を移すことにしたと言う。檀家を抜けるのにけっこう苦労したらしい。「坊主が金づるを放さないんだ」と彼は怒りをあらわにした。

私達もまだお墓を買っていない。時々どうしようかと話し合うが、まだ早いよねと先延ばし。考えたくないのが本音なのである。宗弘兄の四十九日が近づいている。兄は蟻ケ崎本家の墓地の上の方にある一角を購入したらしい。両親と同じ墓地で、また松本を見下ろせる景勝の地に眠るわけで何よりだ。あとを取る長女夫妻も近くに住んでいるし問題ない。

坂北のお墓も弟夫妻が守ってくれているので、家を出た私が心配することはない。ただ次の代になるとどうなるのか。考えれば、土に還るわけだから、どこにいても同じだと思うしかない。

東京近郊では「派遣坊さん」というのが流行っているらしい。本来のお寺さんから離れている人が法事などを行う場合に派遣会社に申し込むと、必要な宗派の坊さんを遣わしてくれる。田舎で檀家が欠けて生きていけなくなった坊さんが沢山存在するという証拠である。会社員さながら派遣会社の監視の中で必死にお経を読む姿が哀れと言えば哀れ。お墓の掃除を請け負う人もいる。田舎では畑や田んぼを管理する人もいるくらいだからこの先、繁盛するかもしれない。笑えるのが、パソコンで仏壇にお参りするという商売もあるらしい。マンション化されたお墓にカメラが付いていて撮影して送ってくれるというもの。今後お墓商売は新種がまだまだ出てきそう。考えれば、日本人には全く信仰心がなくなってしまったという証明。どうなるんだ。

9月18日 衣類処分

大型連休初日、一人で坂北へ。来年の二月は父の七回忌になる。衣類などまったく片づけていないので、弟に「父さんの服も少し片づけてほしい」と言われた。けっこう真面目にやっているつもりだが、なかなか片づかない。私の性格のせいかもしれないが。何でも大切にして、もったいないもったいないと思ってしまう。これでは片づかないね。

天気は爽やかで、信州は稲刈りの真っ只中。気持ちが良いのでさっそく離れに入って、納戸の片づけに入る。ハンガーにずらりと並んだジャケットやコート。きれいに見えるが、手に取ってみると色が変わり、虫喰いもあり、父亡き後の歳月が実感でき、寂寞感に捉えられた。父の元気な姿をあれこれ思い出す。最後に入院させて家に帰らせてあげなかったことがただただ申し訳なくて「ごめんなさい」と呟く。

あのときは母がダウン寸前で、母を救うために父の希望に耳をふさいだ。仕方がなかったのだ。父さん、本当にごめんなさい。郵便局長として頑張って働いてくれた。そのおかげで私の今日がある。

タンスや、洋服ダンスにもシャツやスラックス、下着が沢山あった。色が変わったものは破棄処分にした。まだきれいなものは整理してひとかたまりにした。

母屋の母の押入れも、母お手製の段ボールの棚を引っ張り出して、焼いた。風があり大きな炎がめらめらと立ち上り、十個ほどの段ボールがたちまち燃え尽きた。さようなら、さようなら。もう四年がたつ。

10月9日
同じ思いの人と話す

久しぶりに母の思い出を語り合った。「母は私の恋人でした」と話す近藤貴子さんである。四街道の文化財・近藤邸を修復して、その保存・活用に奔走する女性である。紹介してくれた山倉洋和さんは「姫さまです。おっとりとしていて幻想の世界にいるような」と話す。で、私も内心では〝姫さま〟と呼んでいる。ドイツ文学の講師を務め、独身。美人さんである。

六月、近藤家が修復後初めてお披露目されるという時期に、山倉さんに連れて行ってもらい初めて貴子さんにお会いした。誘い文句に「母上の絵日記がある」ということだった。近藤家は素晴らしい文化財だった。大勢の方々が来ておられた。たしかにガラスケースの中に昭和十一年の絵日記が飾られていた。個人的にはお話しする間もなかった。

翌日である。貴子さんからファクスが入り、昨日の感想文を書いて送ってほしいとのこと。何か資料を作りたいと言う。そんなことならと、すぐに感想をお送りした。確か「このたびの修復を拝見して、亡き母上への深い鎮魂を感じた」というような率直な印象を記したように思う。で、これも忘れていたのだが、九月に入り突然、貴子さんから電話を頂いた。「あのときの島さんの感想がうれしくて。一瞬で私の真髄を当ててくださった。私の母は苦労した人でした……」と二年前に亡くした母上への思いの丈を話されたのである。そしてぜひ来て話を聞いてほしいとも。

亡き母を思う気持ちは私もよく分かる。なにか切羽詰まった彼女の話し方に圧倒されて、彼女の申し出を受けて、九月に近藤家を訪問した。三時間があっという間に流れた。貴子さんの母への思いに触発されて、私も次々に母の思い出を話していた。帰宅してまた、電話がかかり「話し足りなかった」と。

今度は母の育った千葉市亥鼻(いのはな)あたりを歩きながら話そうと提案された。そこは絵日記の故郷なのである。私は即、申し出を受けた。忙しいさなかなのに不思議なことである。十月九日、暑からず寒からずのお日和。貴子さんは絵日記を手に持っていた。丁寧な解説で、一緒に歩くことは楽しかった。母上との思い出が次々に語られた。貴子さんにとり母は本当に恋しい人、最高の憧れだというのがよく分かった。

不思議なのが、私がいつもおしゃべりな女性といて感ずる、疲れたり、イライラする気持も起きなかったことだ。始終、静かに話を聞くことが出来た。優しい気持ちでいられた。貴子さんの品性ある人柄が、私には好ましいものに思われた。

貴子さんに通ずるものが私にもある、その実感がそう感じさせているのかもしれなかった。この母上の日記は千葉市の女性センターの記録誌『裁縫から始めた女性たち』に使わせて頂けることにもなった。

10月10日 鈴木美佐子さんの介護から教えられる

父や母への介護について後悔ばかり。それゆえか、同じ苦労をしている方に会うとほっとする。つい話が弾んでしまう。

鈴木美佐子さん。千葉市公民館の主事さんである。公民館で大勢の方に出会っているが、こんなに親しく話せるようになる方は本当に少ない。彼女が「主人の介護に苦労されている」ということを話されたのがきっかけである。「こんなに私の苦しみを分かって頂けてうれしい」と素直に胸に飛び込んでこられた。私は驚きながらも、この物静かな中にある日頃の地域住民に接する温かい物腰に打たれて、すぐに彼女が好きになった。

彼女が、ご主人がくも膜下出血で倒れてから書き続けている介護日記を見せて頂くことが出来た。「先生に託します」と日記帳八冊は私の家にある。そこまで信頼されていることで、何とか力になりたいと強く感ずるようになった。今年も新米を送ってくださった。そのお礼の電話で「久しぶりに食事でもしない？」と誘った。

「ぜひ！」と美佐子さんの弾む声が返ってきた。

秋晴れの十月十日。八千代市の「貝殻亭」でお昼を一緒に頂いた。その後は我が家に帰り、お茶を飲みながら二時間。沢山話した。彼女は聞き上手だ。私も日頃思うことをいろいろ話していた。人生で大事なことは何かというような深い話になる。苦労を経験したうえで培われたお人柄のおかげであろう。介護日記の続け方も伝授した。「やってみます」と元気な声で約束してくれた。「楽しかった！」と帰って行った。夕食は頂いた沢山の野菜をおいしくご馳走になった。これも頂いた紫色の花は玄関先の庭に置いた。パンチの出る色が秋の庭先を鮮やかに彩って、美佐子さんを思い出させる。美佐子さんからこんな礼状を頂いた。

「先生、今日はお忙しいのに私につきあって、一日すごしてくださって、そしておいしいお昼とお茶、さらに帽子まで頂き本当にありがとうございました。お宅まで伺うことが出来、夢のようです。一日先生とお話出来て体の中から力が湧いてきたような、何か自信を持つことが出来たような気がします。個人的に先生とつながっていられることがうれしいです。今夜は枝豆、きんぴら、ほうれんそうのサラダを。夫も食べてくれました。幸せな一日でした」

10月20日
農村がさびれていくのは哀しい

坂北へ帰るたびに暗澹たる気持ちになる。いたるところで耕作放棄地の風景に出合うことである。竹や笹、蔓草などが繁茂し藪となり、再生不可能な荒れ地と化している。今朝のＮＨＫのニュースで「耕作放棄地の再生」についておもしろい取り組みを伝えていた。朝の仕事の最中だったが思わず引きつけられて、夫まで呼んで二人で見た。

いまや全国いたるところ耕作放棄地だらけ。ご先祖さまが営々と作り上げてきた農地もこんなに荒れ放題にしてしまえば、再生には百年単位の時間がかかるという。日本の誇る山紫水明、何たることかと嘆くばかりだ。日本の食糧自給率は四十パーセントと低いのに、何ということ。嘆く人は多いが、といってもそれをいかに再生すべきなのか、田舎で農業に従事する人は減るばかりだ。高齢者が決死の覚悟で農地を守っている。

が、チャレンジャーがいた！　長野県松本市の農機具の会社が、放棄地を再生させるために自社の農機具を社員つきで無料で貸し出して、「放棄地再生」の手伝いをしているという。

強力な耕耘機？　が荒れ放題の放棄地に立ち向かい、しつっこい藪をなぎ倒し、頑固な根を掘り起こす。そこを地元のＮＰＯの人々が整地する。一ヘクタールを五日間で再生させたという。肥料を入れて種をまき、すでに小さな芽が出ていた。

会社の社長さんは年に一億円を計上してこの活動を続けると語られた。「農地が減っては自分達の農機具の販売も立ち行かなくなる。このままでは会社も潰れてしまう。農地を復元させることがすべての始まりだから」との言葉が印象に残った。

なかなか出来ることではないが、ぜひ継続してほしい。すべては農業政策の間違いから始まっている。国もこうした民間の素晴らしいチャレンジを見習ってほしい。民間に何らかの支援をすることも強く望まれる。このような企業には免税措置をするとか、助成金を出すとか、いろいろの方法はあるはず。

11月29日～12月1日
撮影で残すものに期待して①　柳原さん登場す

「みずのわ出版」社長、兼、カメラマンの柳原一徳さんが、坂北に来てくださる。私の遺品撮影の構想を聞いて、おもしろがってくださったのだ。どんなふうになるか想像もつかないが、まず坂北を見てもらって、文章と写真で協力して何か表現出来れば良いと、考えが一致した。超忙しい一人出版の若き社長さん。信州の片田舎まで来てくださるという。本当に夢のような話となった。万歳！

夫も趣旨を理解して「協力するよ」と頷いてくれた。

晩秋の一日、坂北駅で柳原さんを出迎える。長身長髪。ひげあり。長いジャケットを羽織り、首にタオルというのものスタイル。両手いっぱいに大荷物も相変わらず。この風貌は田舎には似合わないけど、ま、いいや。

初日は天気が悪かったが、午後のわずかな時間に陽がさして、東山まで登って北アルプスを撮影してもらうことが出来た。お墓にもお連れした。翌日は曇り空で、昼まで待ったが良い光が得られない。まあ、やってみようと外の風景などを撮影する。冬枯れの庭を二階の窓から撮るという思いがけない構図に驚く。ねぎや玉ねぎ、白ボタンの冬囲いなどを撮影していると、さっと陽がさす。柳原さんの喜んだことと言ったら。「時間は少なかったが、ええ写真が撮れた」。

凝り性の柳原さん、光や方向などけっこう慎重にチョイスして撮影する。眼の色が変わっている。何かつかんでくれたようだ。

最後の日は雨上がりの朝で、雲が厚く重なっていて、光が出ない。が、私が空き箱などを燃やしたり、物置の二階から私の本箱をおろしたりして働いているので、それを柳原さんは面白そうに撮影していた。

三脚とカメラバッグを担いで、神戸から信州まで、本当にごくろうさま。

凝り性で、心優しい若者と力を合わせて、二人でいい作品を作れそうな、そんな予感を持てた三日間だった。

平成22年（2010）

1月30日
撮影で残すものに期待して② 生きるもの死ぬもの

二度目の「遺品が語る」の撮影。神戸から柳原さん坂北入り。雪景色を期待していたのだが、残念ながら暖かい。しかし諦めないのは偉い所、二人ともそれなりの写真は撮れるはずだと大らかなもの。柳原さんのこだわりと、「何とかなるさ精神」は見上げたもの。四年のおつきあいで大事なところは理解し合えている。言葉で確認し合うわけでなくても、この景色は良い、この場面は何とか使えそうだと進めていける。昨日は暖かさにつられて芽を出したふきのとう。南天の赤い実、黄色の鮮やかな福寿草などを撮影する。そして夫の庭木の枝剪定作業も何枚も撮っている。歩き回っている猫などもあわてずにゆっくりなつかせて撮影。空き家に住み着いたこんな動物は面白いかもしれない。「生きるもの死ぬもの」のテーマにぴったり、さすがだ。

私は一人で墓参り。家族の健康を、今後の活動の成功を祈る。暖かい陽気に誘われて道下戸（どうげと）の坂まであるいて、思い出をたどりながら雪の存在を確かめる。薄い雪はあるが、山裾で、うす暗くまったく光が差さない。これでは多分だめだろう。聖南中学へ通った道も変わっていないので、大体はたどれる。中学校へは一人で歩いて早くて三十分。よく歩いたものだ。

ちょうど裏の山崎さんのお孫ちゃんの拓ちゃんが来ていて、貞子さんと縄跳びをしていた。貞子さんが「まあ、来てるの?」と目を白黒させている。ちょうどいい機会だ、柳原さんを引き合わせる。確か二度目であるが、この撮影の事情を理解してもらって、出来れば協力をお願いしたいと虫のよいことを考えたわけだ。拓ちゃんがかわいらしい。早くも柳原さんも気さくにカメラを向ける。ウルトラマンのポーズがきまる。貞子ばばもうれしそうに写真に納まる。思いがけない進展で、柳原さんの撮影の理由を話すのが楽になった。

以前にこれからやりたいことのひとつとして話したことがあったが、貞子さんは真意を確実に理解してくれていた。「おもしろいじゃないの、私は明日なら自由だから、刈谷沢の神明様を案内してあげる。あそこは坂北でも見てほしい所。碩水寺も良いよ」などとにこにこと話し始めた。今回は車がないので、本当にうれしい申し出である。「では明日お願いね」とお言葉に甘えることにした。なにか神様がついているような感じである。自分が思ったときに、助けてくれる人が現れる。

私個人の思い出だけにとどめず、このテーマは坂北全体、そして社会全体に進めていけそうな気がしてくる。夜は「真澄」で乾杯。うれしい出会いに感謝を捧げた。

1月31日
撮影で残すものに期待して③　伝統を守る意思

柳原さんはすでに起きて、もやっている山を撮影していた。さすが早い、この寒いのに、プロは違うなと感心しながらも温かい味噌汁とご飯で朝食。今日の撮影をどう進めるか話し合う。そんなところへ早くも貞子さんが見える。午前中が良いねと意見が一致した。貞子さん推薦の神明社を案内してもらうことにした。

刈谷沢の奥にあるこの神社を私は初めて訪れた。大きな杉の木立に風情のある社殿、神楽殿。太い杉の木立や参道に冬の日が注ぎ、何とも深遠な風情を醸し出している。柳原さんも熱心に撮影を始めた。貞子さんと二人で素朴なたたずまいの神社にお参り。家族の健康を祈る。

私は神楽殿にひきつけられた。木の階段を上って立つ。いかにも古めかしい、もう崩れ落ちそうな舞台。その上にずらりと木の額がかけられているが、どれももう色褪せて、描かれているものが分からない。よく見ると、「享保〇〇年」という字が見える。わー、古いんだ。

ゆっくり撮影する柳原さんにつき合ったあと、神楽殿の横手を下って後ろに回った。支えている支柱が朽ちかけてぼろぼろになっている。そこに支えの木を斜めに噛ませて補強をしている。がその補強は最近なされたもののようで新しい。古いものを新しいものが、がっちりと受け止めている姿に感動する。「伝統を守ろう」という住民の意思が感じられる場所。つい興奮して貞子さんの手を握って「すごい！　すごい！」を連発してしまう。貞子さんも頷く。

彼女は役場に勤め、福祉関係責任者として尽力し、退職後は小学校で障害児童を受け持っている。村を愛する気持ちは人一倍強い。そんな貞子さんも柳原さんの熱心な撮影ぶりに打たれたようである。

貞子さんの車は神明社から碩水寺、東山へと登り、村の東側の名所を大方たどり終える。貞子さんの解説は簡略で分かり良い。もうお昼に近いので、帰路について最後は山寺、矢花と下り、「おいのくぼ」（山崎さん家）の裏に出た。古い立派な屋敷が一望出来る。「屋根や裏っ方や塀もきれいにして、立派だねえ」とほめると、「塀はおかねがないので半分だけ」と笑う。何とも風情のある塀が美しいのだが、古い塀と新しい塀が混然とした姿が何とも言えない。このように古いものに手を入れ守っていこうとする思いがこの情景にも表われている。「いいね」と柳原さんを見ると彼も興味をひかれたようで

もう写している。貞彦さんも現れた。「こんな汚い塀を撮ったってしょうがないよ」と照れ笑いしている。「いえ、こんな残そうとする思いを撮っているんです」と、私、必死で説明。ここで断られたら大変だ。貞彦さんは照れ笑いを続けるが、彼はきっともう分かってくれているはずだ。私の生き方は子供のときから知っている。言い出したら聞かない子だということを。

そこへ貞子さんが一人の女性を連れてくる。知らない顔。「刈谷沢の堤さん」だという。向こうは知っているらしく車の運転席に座るご主人も「あら、利栄子さん。ご活躍で。よく新聞で読んでいるよ。まあ、かわらないねえ」と親しげに笑う。小学校から高校まで一緒の堤十九夫さんのお姉さん、お兄さんだった。堤さんは優秀な人で東京消防庁の署長さんになった。同窓会ではよく出会うし、一緒に飲んだり、カラオケを歌ったりもしている。「坂北大好き人間」の一人で「おれは退職したら、坂北へ帰りたい」とよく話している。このお兄さんは十九夫さんより二十歳も年上だそうで、もう八十五歳。でも何とも若々しい。

お姉さんはヤショウマを貞子さんに持ってみえたという。ヤショウマを見せてもらう。美しい米粉のお菓子に何十年振りかで出会った。子供のころ、学校でこの季節になると他の子が持ってきてくれたものだ。母は作れなかった。頂いて帰り、お昼にご馳走になった。

午後は曇ってきた。二人でおしゃべりをしながら、今後の設計図を話し合う。柳原さんはストーブと食器棚を熱心に撮影していた。

2月1日
撮影で残すものに期待して④　冬の思い出

朝から曇り空。これでは何も撮れない。下の物置にジャガイモを保存している箱とござがある。これは冬の風物詩。それに物置の二階には昔のこたつやぐらと、のし板とのし棒がある。そして不凍栓。これを提言する。「そうだね」と柳原さん。私は離れの本棚から『坂北村史　上下』をひっぱりだして神明社やヤショウマを探した。両方とも出ていたので、内容は理解出来た。

こたつは信州の冬には欠かせない。いろいろの思い出がある。のし板とのし棒はおもちつきと「ぶちこみうどん」作り。うどんは母がよく作ってくれた。のし板ものし棒も古びて穴があき、ささくれだって、使い物にはならない感じだ。長いこと使わないとこうなってしまうのだ。命が尽きた感じだね。

不凍栓はこれがないと水道管が破裂する。母はいつも夜に点検していた。

これだけ撮影してから、台所や風呂場の片づけをして、タクシーを呼ぶ。駅には小一時間あったが、駅の周りを歩き回り、昭和町の全体像をつかんだ。

松本駅を出て「イイダヤ軒」でてんぷら蕎麦とビール。閉会式をする。待望の雪はなかったけれど、大事なことを丁寧に確認し合えた三日間。大切な時間だった。ありがとう柳原さん。ありがとう貞子さん。

4月19日～22日
活用を拡げる　坂北合宿第一回目

柳原さんと撮影を始めてから、坂北の古屋を新しい視点で見られるようになった。この家を人の出入りのある家にしようかと、前向きになったように思う。その手はじめに、日記の会の合宿に使えたらいいなと思ったわけだ。

そうして第一回の研修を企画。いま目の前にぶらさがっている「吉田得子日記」の打ち合わせに使うことにする。班員を誘うと四名が参加してくれることに。まずは取り掛かりにこのメンバーでやってみよう。うまくいくのかどうか心配だが、何とかなるだろう。

「台所奉行」として美味しいものだけは食べさせたい。あれこれ買い込み、作り置き、夫は蕎麦打ちなど何とか準備完了する。

今年の春は遅い。前日の貞子さんへの電話では、まだ桜はつぼみとのこと。いい具合に咲いてくれればいいが。自然は一番のご馳走。この一年で一番良い時に何とかすてきな坂北を見てほしいなあ。

総勢九名、十三時、坂北駅に集合の予定だが、私達は朝五時に出発。坂北へは十時前には到着し、山崎さんへの挨拶、打ち合わせ、畑の準備、掃除などに忙しく動いて、何とかお迎えの段取り完了。

十三時前後に次々に到着。天気は花曇りだが、暖かい。山崎さん夫妻をお迎えして開所式を行う。私の思いを話し、山崎さんを紹介する。山崎さんもにこにこと打ち解けてくださりほっとする。塚本のお爺ちゃんがさすがに天皇陛下のごとく泰然と。良い味を出してくださる。

さっそく外へ出てイモ植え、畑の草取り。塚本翁はイスに座って皆の動きを眺めている。風が心地良く、日ざしも春のそれ。一幅の絵になってるなあ。塚本一家もすっかり溶け込んでくださり、ありがたい。

仕事をさっと終え、車で東山に。アルプスが眺望出来ると良いが。それから「西条温泉とくら」へ向かう。そこで塚本一家はチェックイン。

私と貞子さんは十八時半からの懇親会のお料理作りに。貞子さんが張り切ってくれて献立は坂北の大地から収穫されたものばかり。馬刺し、野草のてんぷら、切干大根の煮物、野沢菜つけ、大根サラダ、浸しまめや菜花のおひたし。かんぞうの酢の物。これで十二分なのに、私が作ってきたもずくの酢の物、筍の煮物、かすの浅漬けとテーブルに載らないほどのご馳走だ。塚本さんが沖縄の泡盛。山崎さんが坂北の地酒「山清」も持ってきてくれ、お酒類も豊富で、乾杯！！

皆さん上機嫌で、飲んだり食べたり、話したり。思いがけなく山崎さんが塚本さんと話したり、柳原さんと塚本息子さんと談じたりとあちこちで座談の座が開ける。私はてんぷらや、ご飯炊きなど、台所に行ったり来たり。貞子さんや洋子さんも手伝ってくれて、それほど苦労なく進む。最後は懐かしの歌で盛り上がる。

時間を見るともう十時だ。塚本一家を貞子さんが送ってくれることに。残った男性軍はまだ一時間ほど飲み、私と貞子さんは片づけ。十一時にはお開きとなった。一日目、無事終了となる。

＊

二日目は朝早く伊藤さんが到着。超忙しい人が時間を割いてくれてありがとう。やがて塚本一家も再び到着する。

伊藤さん、西村さん、私が庭の草取り。柳原さんはカメラ。西村さんが地下足袋を履いて本格的なので驚く。庭先がみるみるきれいになっていく。伊藤さんはあじさいの根元をきれいにして、サイネリアを根分けしてコンクリートの境に移植してくれる。その手際の良さに驚く。西村さんはつるはしを振るい、コンクリートから出ている草などを徹底的に退治している。

いっぽう台所で夫が蕎麦打ちを始める。蕎麦作り組はそれぞれに参加して見事な蕎麦が出来上がっていく。お昼はこの打ちたての蕎麦。おいしい！「おいしいおいしい」と歓声が上がる。ビールも少しだけご馳走に。午後は塚本一家のご帰還にあわせてつくしやかんぞう、水仙などを摘んだり、詰めたり。お土産は地元のものだけだが、けっこうどっさり。塚本翁が「坂北は日本のチベットだと思ってきたが、実に良いところだった。満足満足」と笑わせた。

午後はいよいよ日記の研究会。アルコールのせいか眠気と闘いながら、柳原さんと基本的なことのすり合わせ。私が作った「日記登場のことば一覧表　大正十二、十三年」に皆さん目を凝らす。柳原さんと私の考えはいつでも一致してるので、安心。皆一冊の記録集を作る意味を理解してくれたように思う。

早くも夕方になる。今ヨもとくらへ行くことに。今日は伊藤さんと二人だけ。「良い湯だ」と伊藤さんもほめてくれる。松岡さんがジャガイモの古いので上手に千切りを作りバターいため。もえぎ豆腐もバター焼き。焼きうどんもおいしかった。彼は家でやっているので、手際が良い。

またギターで、懐かしの歌謡曲を歌う。伊藤さん、西村さんもけっこう知っている。楽器があるとやはり良いなあ。十時解散となる。伊藤さんと私は母屋へ。男性軍は離れへ。二日目も無事終了となる。

*

三日目。晴れそうな気持良い朝。早く目覚めて、伊藤さんと布団の中でいろいろ話す。伊藤さんに筍の味噌汁を作ってもらう。おいしい。今日も周防大島から柳原さんがお土産に送ってくれていたアジを焼いてご馳走になる。こんなおいしいアジはない、まさに「日本一」。

朝食後に夫は木曽の奈良井宿に向かう。夫がふだんお世話になっている「さくら蕎麦の会員を含む千葉推進協議会」三十人が、彼の友人の「徳利屋」さんを訪問するので、顔を出したいと言うのだ。

「台所奉行」は食べ残りの片づけ。こうした別荘でのような生活は食べ物の始末が大問題。どうしようかと頭を痛める。捨てるのももったいない。食べ尽くすのが最善なのだが、なかなか。

伊藤さん、西村さんが草取りの続き。小一時間後にお墓参りに向かう。水仙と雪柳で花束を作り、お墓まで歩いて向かう。しだれ桜が満開。お墓の掃除をしながら「いい場所だねえ」と皆さんほめてくれる。「父ちゃん、母ちゃん、喜んでくれるよね？　皆で家に風を通したよ」と拝む。伊藤さんがふきのとうやつくしを摘む。絵手紙に使いたいと言う。今度は絵手紙の仲間も連れて来たいなあと呟く。いいですよ、やってくださいな。

十一時、貞子さんらの車で、坂北観光に。歴史の里・青柳宿へ向かう。桜は満開である。柳原さんはうれしそう。「光の具合が良いね」とさかんに撮っている。「切り通し」のところに、村の郷土史研究家・青木秋樺さんがみえ熱心に青柳宿の話をし、案内をしてくれる。貞子さんが頼んでくれていたらしい。景色も良いし、天気も良く、気持良くいい勉強をする。すごいすごい、貞子さん。

お腹がすいてきた。冠着荘で昼食とする。ビールを少し飲む。お風呂に入る人、郷土資料館を見る人に分かれる。私は西村さん、貞子さんと資料を見る。珍しいものがいろいろある。最後は山清の本店でお酒のお土産を買う。

急いで帰り、閉所式。貞彦さん夫妻にも来てもらう。感謝と感想を一言ずつ。皆さん「桃源郷のようだったねえ」と喜んでくれて、私もうれしくなる。夫が「女二人に上手に乗せられたね」と言うと山崎さんもにこにこと「そうそう」と頷き、和やかに散会となる。

三々五々、帰路に就くことに。島夫妻、西村さんは松岡さんのおすすめの軽井沢のペンションに向かう。柳原さんは残って田舎の春の撮影をもう少ししたいと言う。伊藤さんは長野経由の新幹線で帰路に。これで今回の三日間は無事終了となった。

5月3日〜6日
両親の七回忌

両親の七回忌を五月四日にすることになり、前日に車で出た。今回の連休の並びからすると三日は最高に渋滞するという。上高地へ行く三男一家と打ち合わせて朝四時に家を出た。早いので空いていて予定より早く坂北へは十時に到着した。

まずは麻績の市川で下仁田ねぎと松本一本ねぎの苗を三百本近く購入したり、庭に植える芝桜を買ったり合計五千円も支払ってしまった。苦笑い。ずいぶん高い買い物ではあったな。が、これも世のため、人のため。JAでお墓の花も買った。

坂北の家は水仙が花盛り。今年は特に見事である。母が亡くなった年もすごかったが、今年はまた久しぶりに元気なこと。群れて咲くさまは丹精込めた母が、七回忌を喜び、咲かせているよう。

山崎さんに挨拶に行き先月のお礼を述べ、写真を差し上げる。夫はさっそくねぎ植えに取り掛かる。山崎さんは夕方耕耘機で起こそうと思っていたらしいが、無理を言ってすぐに起こしてもらうことになった。

やがて弟夫妻到着。宅配で出していた段ボール三箱も届いた。まずは昼食。久しぶりに顔を合わせて話も弾む。弟はこの春、定年になった。弟嫁さんはケアマネの仕事が忙しいらしい。こちらからは日記の会での坂北合宿の話。弟夫妻に理解をもらっているが、やはり報告をして実情を話しておかないといけない。弟は面白がって、「それは良いねえ」と楽しそうに聞いてくれる。ああ、難関突破だ。

午後はひと休みの後、弟夫婦は明日の法事の飾りつけ、墓場の掃除。私達は畑にねぎを植えたり、草を取ったり。夕食用の山菜を摘んだり。夏のような陽気に汗を流しながら奮闘する。

夕食は夫が前日に打ってくれたお蕎麦をご馳走になる。五、六品の惣菜は弟が松本で買ってきてくれた。和やかにいろいろ話して八時半散会。

*

翌日は十時にお寺のご住職さんが見える。お茶とお菓子、奈良漬けでお茶のおもてなし。すぐに法事。いつものように揃って経典を読む。お墓まで行ってくださると言う。皆でお墓に向かう。

お墓から春かすみの坂北の谷が美しい。

帰ってくるとすぐにお食事。前もって千葉から作って持ってきていた煮物、かす漬け、酢の物、こんにゃくの醬油煮物、醬油寒天など並べる。お寿司、ビールの配達もいいあんばいに届く。てんぷらは私がすぐ作る。

住職さんは四十歳。機嫌良く、饒舌だった。一時半のお開きまで、笑ったり、話したり。楽しい時間の過ぎゆくのは早い。住職さんもまだまだ話したい風情である。

弟夫妻に残りのサバの煮物や酢の物、刺身、煮物、てんぷらなどを箱詰めにする。仏壇の花や、お菓子も分ける。弟達は四時五十分の汽車で帰った。私達は庭に出て草取り、花植えに精出す。夢中でやるので夕方になる。とくらへ入浴に行く。急ぎ帰って、残り物で夕食。気持ち良く働けた一日だった。

*

もう一日帰るのを延ばすことに。渋滞らしいので、ゆっくりする方が得策だと判断した。まずはシーツ、寝具などの洗濯。離れの前の道に敷石を敷くことにする。もう五、六年前から考えていたが、なかなか出来なかった。夫が車で出てコメリへ。適当に見つくろって正方形の敷石十枚ほど買ってきてくれる。驚いたことに、芝桜十本も買ってきて、植えるという。やる気満々。感謝。

山崎さんのお手伝いでもと夫は言うが、山崎さんは耕耘機で田圃おこし。夫の入り込む隙はない。敷石をうまい具合に敷いているとお昼となる。私は残ったご飯で焼きおにぎりを作る。これは母の得意な料理。

台所から見ると、山崎さんが引き揚げてきて庭先で煙草を吸っている。「缶ビールを持って行ったら」と私。「そうだね」と夫はさっそく実行。「まあ、悪いじゃん」。二人並んで座って何やら話している。良い光景なり。

午後は二時間昼寝。庭の整備の続き。またとくらへ。それからブルーメンでラーメンと餅ピザを。体中にバンテリンを塗りつけて早く寝る。翌朝は早い出発である。

六日は朝四時起床。五時には出発。順調に流れて八千代には十時に着いた。

坂北の一番美しい時を堪能した三泊四日の帰省だった。心がたっぷり満たされた父母の七回忌。無事に終わった。

5月28日〜29日
撮影で残すものに期待して⑤　母のカメラ

柳原さんから声がかかり急遽、坂北へ。夫が風邪気味なので心配だったが、荷物があるので車にしようと言ってくれてつい甘えてしまった。

順調にお昼前、柳原さんをそれほど待たせないで着いた。昼食は焼うどんを間に合わせて恒例のビールで乾杯となる。午後待ちに待った太陽が顔を出した。柳原さんは田圃を撮影するといって一人で出かける。

私達はさっそく畑と庭仕事。夫はビールが入るとダウン。少し休んでから、草刈りをしてくれる。茂ってきた雑草がみるみるなぎ倒されて、すっきりとする。私は鍬でスギナを掘り起こしているけれど、なかなか進まない。草刈り機は本当にすぐれものだ。助かる。

庭にはシャクナゲが見事に咲いている。母が大事にしていた自慢の花。この時期に帰省することはめったにないので、久しぶりにお目にかかった。アヤメや藤の花、のぼりふじにも久しぶりのご対面。

しかし一番元気なのが、雑草めだ！　敵を撲滅するような気持ちで、戦いを挑む。愚の骨頂かもしれぬなあ。でも夢中になれるのだから、ほんとは雑草にも感謝せねばならないのかもしれぬ。

この時期にしたら珍しく寒い。体調がついていけないのだ。夕方は温泉行きはやめて、山崎さん夫妻にも来てもらって夕食をご一緒する。貞子さんはふきの煮物、わらびのお浸しを持ってきてくれる。こちらは夫の蕎麦を鉄板焼きにする。珍しがっておいしいと食べてくれた。

わざわざ買ってきた山清だが、男性陣、風邪気味とかで進まない。早く引き上げて、結局はいつも通り、私が柳原さんのお相手で話を聞く。柳原さんもお酒と話は好きなので、尽きない。が、私も今日はダウン。聞きながらうとうと。ごめん、年寄りとはこんなものじゃ。

翌日も曇り。柳原さんは「撮影にはむずかしい」と外へ出ない。

部屋の中で物撮りにチャレンジすることに。彼の注文に応じて、とっさに母のカメラや最後まで使っていたバッグなど、また父の煙草盆や私の木琴などを並べる。本箱も開けて簡単に説明する。彼、おもしろがって撮影が始まった。

私達は草取りに出る。貞彦さんが夕顔の苗を持参し、植えてくれる。夫がふきを摘んでくれた。山のようなお土産となる。昼は蕎麦の残りで簡単スープ。団子状になった蕎麦を野菜の汁でかけ蕎麦風に。「これは珍しい！」と柳原さんも呆れ顔。残ったものはぜんぶ胃袋へ納める。

そうこうしているうちに、何と晴れてきた。柳原さんも出てみようというので、夫が車で連れて出る。私は帰る準備。貞子さんに挨拶かたがた次回の打ち合わせを。三十分ほど話す。貞子さんも乗り気でありがたい。

二人が帰ってくる。期待の田んぼの写真は「まあ、あまり良い場所がなかった」と。写真はなかなか難しい。

別れ際に柳原さんが珍しいものを手渡してくれた。母のカメラの中に古いフィルムが入っていたという。母の最後の写真は何だろう。何とも不思議な感動に襲われた。

帰りはびゅんびゅんとばして四時間半で八千代に着いた。

次の日は疲れもあったけれど、頑張って坂北のふきをどっさり煮た。幾日も楽しめるなり。

6月20日～22日
坂北合宿第二回目

二回目の坂北合宿は梅雨の真っ只中。覚悟はしていたが、三日間とも晴れあがった。ありがたいこと、大いに働き、楽しい研修が出来た。企画してくれた山崎貞子さんに感謝あるのみ。

今回は夫の同期会の関係で二日早く坂北入り。準備や、貞子さんとの打ち合わせ、他の友人との連絡などにたっぷりと時間を使えて良かった。この前準備の時間はぜひ必要。精神的余裕につながるなあ。

坂北入りは現地集合が定着した。柳原さんは神戸から一番乗り。松岡さん、伊藤さん、西村さん到着。開所式は山崎さん夫妻も交えて簡単にすませて外仕事からスタート。まず玉ねぎ始末から取り掛かる。玉ねぎは山崎さんが採集してくれていたので、藁をなって五個ずつ結わえて吊してもらった。

伊藤さん、西村さんは草取り。すごい茂っているので大変だ。

前回と同じ地下足袋という西村さんのスタイル。熱心に取ってくれる。四時半には一同、とくらへ。貞子さんと私は懸命に料理作り。今回は飯森村長さん、滝沢美佐子さん、青木秋樺さんがみえるという。貞子さんの実力はすごい。ご馳走を沢山作ろうと気合が入る。

献立は馬刺し、てんぷら、煮物、玉ねぎ料理二品、ジャガイモのチーズ焼きなどなどいろいろ。六時半に村長さんら三人が見えて、開会。村長さんの挨拶や各人の自己紹介など賑やかな二時間が過ぎた。滝沢さんもずんだ餅など持参。食べきれないほどのご馳走となった。村長さんは観光を村の目玉にしたいとの持論を述べて、今日の出会いもそこにつなげたいと熱く話す。

そこに「村外へ出ている者に坂北村親善大使になってもらったら」と意見が出る。村長さんも大喜びの態。

二日目も快晴。五時から西村さんが草取り。私と伊藤さんも負けずに起きて草取り。気持ちが良い。夫と松岡さんが朝食作り。柳原さんは撮影に。ゆっくり朝食をとる。

そこへ貞子さん登場。何と社協へ丸山鈴子さん、山崎春子さんが見えるという。ぜひ会いに行こうと言い出す。驚いてお土産作り。枇杷とお菓子で何とか恰好をつける。皆さんには待っていてもらい、ちょっと出かけることに。もう蕗ちゃんが来ている。山崎さん、丸山さんが来る。元気そうなので安心した。いろいろ話す。山岸さんがいて驚く。お茶を運んでくれた。柳原さんが記念写真を撮ってくれる。蕗ちゃんがおやきを沢山買い込んで来てくれた。お土産を沢山頂き恐縮。三十分のつもりが一時間となってしまった。

少し遅れてドライブ出発。修那羅(しょなら)さまから田沢温泉。青木村の大法寺へ。私も初めての場所だ。修那羅仏、まことに見事だった。青木村はずいぶん垢ぬけていて驚く。「車や」という蕎麦屋へ。まあまあの味。「島さんのお蕎麦のほうがおいしい」と皆さんお世辞を言う。大法寺の三重塔は美しくて感嘆。まっすぐに帰って三時。ビール一杯飲んで一時間半お昼寝。起きて小一時間草取り。六時ごろには温泉へ。帰って大急ぎで焼き肉パーティーを。それから懐かしい歌を歌いまくること三時間。十二時を回っていて驚き。散会。ぐっすり眠る。お疲れ！

三日目はいよいよ日記研修会。柳原さんがゲラ持参。順調に進む。確認事項を印刷しているので、分かってもらえる。二時間で十一時に終了。片づけをして閉所式となる。蒸し暑いので汗だくである。それぞれが懸命に動いてくれて、野菜を持ったり、掃除したり、冷蔵庫内の食べ物を片づけたり、おにぎりを作ったり。最後は山崎さんに挨拶にうかがい、物置の新築現場を拝見して、帰路に着く。坂北駅へ行き、「ささや」で柳原さんが荷物を出す。お昼はブルーメンで食べ、西と東にお別れ、お気をつけて！

7月14日～15日
貞子さんと話す

諏訪での講演を終えて坂北に寄る。特にやらねばならぬこともなし。久しぶりに静かな帰省。真っ先に山崎さん家に挨拶に行くと、「上がってお茶でも飲んで行って」と誘われた。いんげんの味噌あえ、梅の漬物などでもてなしを頂きながら近況を語り合った。山崎さんもご機嫌で話に加わり、二時間ほど楽しいひととき。

翌日は貞子さんがまた見えて、二時間ほどお喋り。いろいろ話がはずむ。両親の最期の様子は貞子さんが一番知っている。昔話もお互い知らないところがあり、それを埋められるので楽しい。日記の会の坂北来訪を楽しみにしていてくれるらしく、次回の相談もまとまった。

貞子さんが帰ってから大急ぎで、庭の草取り、コスモスの移植など汗びっしょりになって働いた。貞子さんが夕顔、いんげん、つるむらさき、ズッキーニなどお土産を持ってきてくれた。梅の漬物も沢山頂く。母がよく作ってくれた梅の味だ。うれしいお土産の数々をカバンに入れて帰路についた。坂北駅まで貞子さんが送ってくれた。「ささや」でお焼きを四個買う。

駅で飯森村長さんとばったり。長野までいろいろ話して面白し。お互い高揚して話したが、さて、実行力やいかに？

ところで、全国に空き家は七百七十五万戸あるという。八軒に一軒の割合だとか。都市一極集中と核家族化の負の遺産だ。建てつけ、水回り、壁のヒビなど、どんどん劣化が進んでいく。坂北にもあちこちに空き家がある。朽ち落ちる寸前の哀れな姿。我が実家もその一歩手前。何とか踏みとどまっているが、あちこちに劣化が忍び寄っている。国全体でこの問題にも真剣に取り組んでほしい。相続税をいじることも必要なのかも。

8月13日～16日
撮影で残すものに期待して⑥　お盆帰省

お盆の帰省は私達は早くから決まっていたのだが、次男一家、三男一家が仕事が多忙のためになかなか決まらなかった。いっぽうで柳原さんがお盆の撮影を申し込んできていたので、何とかかなえてあげたいとも思っていた。

三男は仕事が忙しくて家族での外出が少ないので、お嫁ちゃんは自分一人でも信州へ行きたいと明確な意思表示をしてきていた。ところが、二、三日前になって三男が「俺も行ける」と電話してきた。無理して休みをとってくれたという。これで柳原さんにも申し訳が立つ。大急ぎで準備となった。ちょうどこの時期、「佐倉一里塚」で「手紙が語る戦争」展を催して、私も超多忙だったが、心弾む準備となった。

今年のお盆は休日の並びからみても、高速道の渋滞が予想された。といってもサラリーマンはこんなときでなければ動けない。息子らの苦労が分かる。私達は三時起床。前から作りだめして冷凍庫に入れていた食料品を保冷庫などに詰めた。孫の喜びそうなものもいろいろ持った。車だといろいろ持てて良い。

例年どおりお土産は梨を六箱。山田梨園さんに無理を言って3Lを何とか揃えてもらった。

今回はまず最初に松本本家でお盆の行事に参加する予定。三男一家は中央道を、私達は関越道を。私達は坂北へ寄って食料品を置いていかねばならないから、関越道となった。渋滞はなく十時前には坂北に着いた。今年は庭の木や草がきれいになっていて気持ちが良い。弟が先日、友人でシルバーをやっている宮崎さんを頼んできれいにしてくれた。

心配は寝具、タオルケット。長いこと使っていないのでカビ臭い。短時間だが乾した。夫が到着早々、蜂に刺された。山崎さんが殺虫剤をふきかけ殺してくれた。夫は蜂の巣をいくつか見つけて「これを退治しておか

ねば危ない」と言い、車で殺虫剤を買いに走ってくれた。彼が、蜂の巣をいくつか退治してくれている間に私は簡単に昼ご飯を用意。食べてから大急ぎで松本に向かった。

「ホテル飯田屋」に二時集合の約束だ。三男一家、次男一家と集まって来た。皆元気そうで何より。次男一家とは一年ぶりかもしれない。尚ちゃんの成長に驚く。ちょっと休んで、揃って横田に向かう。宗弘兄が亡くなって一年たつ。お線香をあげた後で、居間でお茶をご馳走になる。孫達がお腹をすかせていたらしくお菓子をいくつもご馳走になっていた。利佳ちゃんの結婚話に盛りあがった。姉の明るい笑顔がうれしい。

五時には帰って今度はタクシーで本家に向かう。本家ではちょうど夕飯が届いたところで御膳を並べるのにおおわらわである。本家の子供らも沢山いて、うち

の孫もすぐになじんで飛びまわっている。
　仏間が大きいので、何人来ても安心である。賑やかに宴が始まった。総勢四十名ほど。歓談がはずむ。うちのお嫁ちゃん達も楽しそうに飲んだり食べたりしている。子供らはビンゴゲームの後は、花火へ。康ちゃんが花火の担当である。私も下の孫・颯ちゃんの手を引いて外に出る。三歳はまだ花火が怖いのだ。私の手から離れなかったが、次第に慣れて、いつしか手に持つようになった。
　ホテルに帰ってからは、次男、三男ともに酔っぱらってしまう、ダウン。もう飲み返そうという気にもならない。それぞれが部屋へ帰った。孫が私のベッドで寝た。何回か目が覚めたが、思ったよりは眠れたので良かった。

＊

　二日目は坂北へ。次男、三男も何とか

元気になったようだ。三台の車を連ねて向かう。まずはＪＡで買い物をする。

食材は牛乳などを買う。後はこれからの昼食用のお団子や、おやきなどを沢山買う。到着は十一時。山崎さんがみえて「貞子の父親が亡くなった」と報告してくれた。それは大変。柳原さんの山崎家の撮影は駄目かもしれない。

ひやむぎを大急ぎで作り、離れに運ぶ。ともろこしの冷凍も再加熱。瓜の塩漬けも切った。おやき、団子は一皿に盛る。それと先日保存した松茸で作った松茸ごはんをおにぎりにする。急ごしらえにしてはご馳走になった。二日酔いの息子達も食欲が出てきた。賑やかに昼食が進む中で、雨が降り始めた。

柳原さんが坂北駅に着くというが、雨では機材もあり困るだろう。彼に連絡を取り、迎えに行くことにする。お嫁ちゃんが夫の案内で迎えに行ってくれた。「従軍カメラマン」柳原さんも無事に着いてこれで顔ぶれは揃った。

雨がやむまで少し休息。小降りになってから、いよいよ夫は畑に出る。上の畑の草を刈る。孫達は池の蛙に興味を持ったらしく、熱心に池をかきまわし始めた。「ばあたん、ざるがほしい！」と注文をうけて物置から長い柄がついたひしゃくを持ちだす。父が何かに使っていた姿を思い出す。肥えを掬ったものの様な気がするが。三人の孫は池の周りをちょこちょこ走り回っている。悠くん、少し前までは蛙や虫を怖がっていたのに、ずいぶん成長したもの。捕まえた蛙を指でつまんで持ってきた。蛙も従順に静かにしている。他の二人は怖そうに見ているだけ。「さわってごらん」といっても逃げ腰だ。

「さあ、イモ掘るぞ！」とおじいちゃんの声。ママや子供は長靴を履き、軍手をはめて、虫よけスプレーを体に吹きかけて上の畑に集まった。柳原さんは今回の目当ての一つである芋掘り撮影をはじめた。

枯れかけた茎を引っぱって取ると、大きなイモがぞろりと並んでいる。孫達が歓声を上げる。掘ったり、運んだり。楽しそうだ。ちょうど隣の拓君がきたので、一緒にやってもらう。なかなかたくましい。すぐに皆の

仲間入りをした。大きなイモが沢山ある。大変な量だ。七百個ぐらいはあったか。孫達は先に引き上げるが、汗まみれ、泥まみれ。ひと足先に風呂に入れる。まだぬるいが三人共、大喜び。頭までごしごし洗ってやる。「わー、目が痛いよ」と大人のシャンプーに、三人共泣きだす。何とも乱暴なおばあちゃんだ。ごめんごめん。男の子は逞しいのが良いのよ。

こうして雨がやんでくれたので、何とか待望のイモ掘りが終わった。

この間、息子達は離れで爆睡。仕事が大変なので、仕方がない。はじめの計画ではとくらに行ってお湯に入ってもらおうと思っていたが、こんなに汚れては家の風呂の方が楽だった。一段落したところで、いよいよ夕食作りに入る。お嫁ちゃん達と三人で取り掛かる。

嫁姑のたたかい、あるのかないのか？　接触する時間があまりないから、大丈夫とは思うが、これは私の勝手な思い。若い人に聞いてみないと真実は分からない。

仲良く頑張る三人。熱心に撮影する柳原さん。鶏の唐揚げ、豚肉の生姜焼き。これ以外は簡単に出来るものばかり。馬刺しがメイン料理。テキパキと働いた主婦三人、見事に七時に準備完了した。

全員で離れに運んで宴会スタート。皆さんおいしいおいしいおいしいと黙々と口に運ぶ。じきに孫達が動き始める。

そして大騒ぎとなる。こうなったらガキどものペース。最後は「花火花火！」と大騒ぎ。雨の合間を見はからって軒下で花火に。煙がこもって快適とは言えないけれども、私達が準備した幼児用の花火も適量だったようだ。下の孫はおじいちゃんの膝で寝てしまった。

子供もパパ連中も眠たそう。大急ぎで片づけて宴会は終了。食べたか食べないか何か物足りないが仕方がない。片づけが終わって、柳原さんと嫁ちゃん達で梅酒で二次会をする。三十分ほど楽しんで解散となった。

＊

三日目は晴天。暑い朝。皆帰る日だ。柳原さんが山崎さんの家の立派なお盆飾りの前で、家族が揃ったところを撮影したいとのこと。山崎さんに頼んで撮影をお願いする。貴重な一枚が撮影された。

三男一家がイモや玉ねぎを持って帰路につく。一時間ほどで次男一家も帰路に。急に静かになった。柳原さんは「孫去ってじじばばダウン」の撮影に熱中している。これも面白き構図なり。少しポーズする自分に、にやり。

二時間昼寝。蕎麦を食べて畑仕事の残りをする。汗まみれになるが、順に入浴してからブルーメンへ。いつものもので夕食。私の運転で帰って、すぐに爆睡。三人ともすっかりばてばて。

翌朝は皆元気に起床。お墓参り。西条のおばさんにご挨拶。荷造り五個。イモ送り。段ボール送りに「ささや」へ。片づけ。昼食。柳原さん、さようなら。

9月18日～19日
撮影で残すものに期待して⑦　小学校運動会

九月十八日に坂北小学校の運動会がある。柳原さんが撮影したいと言うので、行くことにした。私は前日から坂北へ入り、多少の準備をする。今回は夫が蕎麦の会で行かれないので、電車だ。荷物が持てないので、あれこれ頭を痛める。松本で二時間の余裕があったので、お惣菜など買い込み、すっかり大荷物となった。でもこれも一人なら十分だなと思う。何から何まで料理しなくてもこんな方法もあったわけ。

坂北は思ったほど草深くなかった。暑さのせいで、雑草も伸びられなかったと見える。夕顔が二本。いいあんばいに大きくなっていてさっそく味噌汁にしてご馳走になった。かぼちゃも二個。ねぎの畑の草取り。庭先の草取りをした。

当日は大変な日本晴れ。七時前には着いていた柳原さんに朝食を出して、シーツの洗濯。庭の草取り。昼食はおにぎりの大きなのを五個作った。卵焼きやら、煮物を作って重箱に詰めた。その重箱だが、いつも気になっていた食器棚の上に大事に載せてあった「重箱」と書かれた包みを開けてみると、懐かしい三段重が出てきたのだ。母が何かがあるとよくそれにご馳走を詰めて持って出かけていた。それに昼食を詰めると、大したご馳走でもないのに、いかにもおいしそうな三段重が出来た。

追って着いた西村さんも一緒に、坂北小学校の校庭、万国旗の下での昼食。おいしかった。

運動会も全校で七十名ほどの小規模だが、実に気持ちの良いものであった。子供らがはきはき、てきぱき。元気に動きまわり、いかにも運動会を楽しんでいる様子が伝わる。柳原さん、西村さんも「いいものを見せてもらった」と喜んでくれた。私も半世紀ぶりの母校の運動会。柳原さんの撮影のためだと出かけてきたが、楽しかった。

ちょうど稲刈りのシーズン。少し前に大雨があって田圃は水浸し。そんな中での稲刈りは楽なことではない。連休でもあり上天気なので、あちこちで稲刈り風景が見られる。柳原さんは下の英三さん家の稲刈りを撮影させてもらう。長靴も泥だらけにして熱心に撮影する。

貞子さんと次回の相談。「西条温泉とくら」での予約。その後十二月に八千代の自宅で行う「日記サロンしましま」に展示する私の子供のころの絵や日記なども探す。思ったより沢山あった。小学校時代の絵画が六十点ほどあろうか。どれも美しい保存状態。自画自賛なれど、けっこううまいなあ。帰路は三人三様。

だ。ごめん、猛反省。

まずは松本本家の墓に寄る。六軒のお墓にお花を供えてから、急ぎ坂北に向かう。親戚先である山崎春子さんと建季さんが亡くなったので、ご霊前をお持ちする。二人とも喜んで、いろいろお土産を頂く。

特に蕗子さんは赤飯、煮物、味噌汁、漬物を用意してもてなしてくれた。蕗子さんは「母はすごい人でした。亡くなってその大きさがますます分かりました」としんみり。母親と最晩年の十年を同居し、介護をした孝行娘の彼女でも、まだまだつくしきれない思いがあることを知った。

11月1日〜4日
盛大な坂北合宿第三回

秋の坂北合宿。今回は友人・濱野歳男さんグループ「中央大学OB会」の秋の旅行とのドッキングがなった。めったにない珍しいことだと思い、飯森村長さんに登場頂くことを山崎さんにお願いした。

前日、夫と二人で準備のために車を走らせる。前夜まで雨だったのに、快晴となって気分良く走っていたら、甲府の付近で車線変更の際に車と接触。相手の車のミラーを軽く破損してしまった。これから三日間について話し合っている最中の出来事。夫は注意力を欠いていたのだろう。大きな事故にならずに良かった。私が運転中に変な話を持ち出したから柳原さんが到着。夫はさっそく周辺の草刈り。草刈機をぶんぶんうならせる。私と柳原さんは草取り。夕食は山崎さん宅に招かれた。山の幸がずらり。おいしく頂く。貞子さんは柳原さんを息子のようにかわいがっている。

二日目は昼ごろには西村さん、松岡さん、伊藤さんが次々に。皆さんそれぞれにお土産を持ってきて頂く。伊藤さんがお酒、千葉の落花生、カツオ佃煮。松岡さんが丹波の黒豆、お酒、めずらしい食材。西村さんがお菓子。午後になると、中学の同級生・野村夫妻が見えて、お漬物やベビーシュークリーム、キノコを頂く。一時間ほど話して帰った。その間、西村さんはサツマイモ掘りを始める。

四時近くに柳原さん調達のヤズ（ハマチ）が四尾届く。柳原さんは持参の出刃包丁を使い、見事な腕前を見せる。あっという間に美しい刺身皿が完成。頭や、腹下など、無駄なく切り分けて、うま煮、塩焼きや、うしお汁が出来上がっていく。私はテーブル設置など担当。畑は夫、西村さん、伊藤さんがねぎを抜き、玉ねぎも植えてくれる。

六時に貞子さんが料理を二品持参。宴が始まる。刺身はねっとり何とも美味！

二時間、旧交を温める。皆さん今回で坂北へは四回も見えている。柳原さんは六回も。気心も知れている。

翌日快晴。午前十時から夫は蕎麦打ち。私は伊藤さん、柳原さんを伴いお墓参りと、衛生社さんへ汲み取りのお支払いに行く。気持の良い秋晴れ。柳原さんも写真をさかんに撮っている。

帰ってきたら十二時。うまい具合に蕎麦も出来上がり。私がキノコやブロッコリーで箸休めを作る。山崎夫妻もやって来る。坂北産の蕎麦粉、おいしいおいしいと絶賛のあらし。夫もうんちくを傾けながらご機嫌である。

午後は一行は別所地区へドライブ。貞子さんの案内だ。帰宅後早くも伊藤さんが荷物を一つ作る。ねぎや野菜、お米をどっさり詰めた。準備が良い。さすが旅慣れているなあ。

夕方は二台の車で「とくら」へ。すでに濱野さんら中央大学の面々が見えていて、挨拶。段取りを決める。

温泉に入ってから宴会に。細田寸海子さんも見える。著作本をどっさりと持参。皆さんに差し上げたいとのこと。やがて飯森村長さんも見える。メンバー紹介の後、挨拶してくださる。三十分ほどで退席された。

ご馳走は田舎にしては手の込んだものばかり。皆さん、あちこちへ移動しながら歓談となる。最後はカラオケ。伊藤さん、西村さんの「赤いハンカチ」。伊藤さんの当てぶりに爆笑のあらし。盛り上がった宴の終了は二十一時。帰宅後に台所で、西村さん持参のハーモニカなどで盛り上がる。二時間も騒いでしまった。

翌日は九時には中央大グループがやって来る。離れでお茶。皆さん「良いところだね！」と喜んでくださる。天気が何よりのご馳走。神様に感謝。東山へ登ってアルプスを見る。歓声が上がる。こんなにくっきり見える日は少ない。良かった。

帰路は山崎典雄さんのリンゴ園に寄る。やや傷のあるリーズナブルな信濃ゴールドを七、八箱購入した。一箱千円。私は四箱買った。皆さんへのお土産用に。伊藤さん、松岡てる子さんは何箱も注文していた。そこへ「松本市民タイムス」の記者さん登場。貞子さんがお願いしたらしい。取材となって写真を撮られた。「町的な人が良い」との濱野さんのお声で、伊藤さん、松岡さんら三人が被写体に選ばれた。

昼食は辛子めんたいスパゲッティー。片づけて荷物を載せて、さあ、帰路へ。十四時半になってしまった。松岡車は西村さんを乗せて中央道。夫の車は関越道へ。晴天続きの楽しい三日間が終わった。実は私、一週間前に八千代のパン屋の前で転倒、打撲による腰痛があったが、何とかがんばれた。やれやれ。

平成23年（2011）

3月10日～11日
3・11大震災を坂北で

三月十一日。旧制松本高等学校同窓会で話を頼まれた。前日に坂北へ泊まる。あの大地震の発生時は山崎さん宅でお茶をご馳走になっていた。テレビで地震と、津波警報を流している。「大地震だ」と思った。夕方は松高同窓会会長で元坂北村長である青柳晃夫さんと貞子さんと「とくら」で食事を共にした。翌日の依頼主でもあり、夢中で話していた。八時過ぎ、家に帰る。ほっとして携帯を見る。夫や子供から何本も電話が入っていた。「何をしていたんだ！」と叱られる。実家にテレビがないので騒ぎが分からなかったのだ。大津波でとんでもないことが起きたらしい。ラジオにかじりつく。翌日の講演は普通に行われるのだろうか？　こちらは大したことがなさそうなので、予定通りに行われるのだろうと思い、早めに床に入った。

ところが、朝方、ぐらっときた。大きい。飛び起きた。すぐにラジオをかけると、長野県栄村辺りが震源地らしい。三男から電話が入った。「こんな時に講演もないものだ」と三男。

朝、青柳さんに電話で訊ねると予定通りとのこと。坂北駅で青柳さんと会う。電車も普通に動いていた。松本市「県の森記念館」で予定通り話す。大勢の方が見えうれしかった。見えた方が「朝からコンビニへ走った。インスタントラーメンを買い歩いた。もうどこにもない」と聞いた。今度の震災の規模は相当のものらしい。その後、松本駅前で深志時代の友達と食事。一泊。テレビを見て大震災のすさまじさを知った。大変なことが起きたのだ！

3月27日
狐の嫁入りを撮影に

坂北の青柳地区で七年に一度の「狐の嫁入り」。あの大震災の後、世の中はすべてが変わった。震災の猛威を映像で見せられ、自分に出来ることを突き付けられ、だれもが苦しい顔をしている。原発の放射能漏れ、ここ千葉でも被害は相当ある。身近に震災の被害を受けた人もいるし、市内では避難者の受け入れも始まり、子供のママさん達は放射能を恐れて水や野菜の共同購入も始まった。私達は年寄りなので放射能に関しては特に対策はとらず、普段通りの生活をしている。計画停電もわずか五回くらい経験しただけで立ち消えとなった。出来ることはと言えばささやかな寄付ぐらい。後ろめたさを感じているが……。

そんな中であらゆることが自粛自粛である。派手なことはやめようの風潮が起き始めている。

さて、半年も前から予定してきた坂北行きをどうしよう？　迷いに迷ったが、七年に一度の大きな行事「狐の嫁入り」は見逃せない。決行することにした。災害の復旧復興は簡単には終わらない。私達は普通通りの生活を送ることが大事なのかもしれない、そんな気も起きる。

顔ぶれは得子日記のまとめもあるいつもの面々。狐の嫁入りはだいぶ有名らしく、大勢の写真家が集まった。晴天でもあり。大変な賑やかさだ。私も初めて見た。皆も楽しそう。西条のおばさん達にもばったり出会った。柳原さんも撮影に熱中、樽酒にも熱中。ご機嫌だ。昼食は青柳さんに麻績の「猿が番場峠」のお蕎麦屋さんでおいしいお蕎麦をごちそうになる。

4月29日～5月2日
連休家族集合　疲れても幸せ　これが親の気持ちか

往きは三男一家と同行。朝五時半に出て渋滞となり、坂北に着いたのは十三時半。孫はこちらの車にいて、おしっこ、うんち、ああだこうだと、途中何回も止まり、子供連れの大変さを痛感。息子達が先に着いた。買い物をお願いする。

道中は一週間遅れの陽気で、桜が満開。新緑が萌え立ち、これぞ、春の信州という景色だった。

坂北の庭も花盛り。目に飛び込むのは下の家の満開の桜。井戸の上の我が家の桜はまだつぼみである。芝桜、水仙、ムスカリ、雪柳が色とりどりに咲き乱れて、まさに春爛漫。まだ雑草も大きくなってはいないのでこの時期は庭がいちばんきれい。

まず山崎さんにご挨拶。貞子さんは不在。四日間ほとんどボランテイアに出かけるとか。

孫達のお相手、掃除、買い物、食事作りと、忙しい滞在がスタート。孫達はカエル採りに夢中。二十匹を捕獲した。籠に入れて飼育すると言い出し、餌らしきものを探すのに苦労した。その夜は三男と遅くまで梅酒でいろいろ話す。一番下の子なのでかわいくて甘く育てたように思っていたが、しっかりしている。子供扱いしていたことに反省とお詫び。

翌日は天気はおぼろ陽気ながら、風が強く、吹き飛ばされそう。息子、孫と皆でねぎを植えた。そのあと水仙、雪柳を切って持ち、皆でお墓にお参り。孫達と墓掃除をする。墓場の両親も喜んでくれるだろう。

東山まで登ってみたが、アルプスはかすんで見えない。残念。ブルーメンで食事。大入り満員で三十分ほど待たされる。坂北ただ一つのレストランはいまがかきいれ時。

十六時に京都の次男一家到着。三人の孫達は「狂い騒ぎて詮方なし」。手がつけられない。

お嫁ちゃん達とウドや、カンゾウ、ニラを摘んで、山菜のてんぷらとタラコスパを作って賑やかな夕食。お風呂はじじが孫三人を入れる。お疲れ様。

おなかを満たされた孫達は、母屋でじじばばと寝たいと言うので、夜も安眠していられない。寝かせつけたり、布団をかぶせたりと大変。私は少し疲れが出てきて、腰が痛くなってしまう。さすがにオーバーワークなり。息子達は楽しそうに食事。飲んだり話したりしてダウン。

翌日は子供達、朝の食事がすむと「とくら」へ。遊園地で遊んで帰宅。若い者達が仲良くするのは良い。冷凍しておいたヤショウマとお餅で昼食。孫達が喜んで食べた。三男一家はこれで帰路へ。少し静かになる。心配した腰も治って良かった。でも忙しくて、日記を書く暇も、電話をする暇もない。

ここでみなで三十分ほど昼寝。「もう動けません状態」なり。

私は夫と西条のおばさんの家へひさしぶりのご挨拶に伺う。おじさんが自宅にカラオケルームを持っていることを知り、一曲歌って聞かせてくれた、うまいではないか。里見浩太朗の「愛あればこそ」。夫が返礼に鳥羽一郎の「兄弟船」を歌う。やんやの喝采！　長い付き合いだが、おじさんがあれほどカラオケに凝っているのを知らなかった。おばさんに「今度は女性陣も歌おうね」と約束させられる。坂北行きの楽しみが増えた。

その間に次男の嫁ちゃんが夕食の準備をしてくれていた。焼肉など。筍の煮物も作ってくれていた。なぜか塩辛くて「あら、なぜ?」と「煮直し」、ごまかす方法を教える。ニラの卵とじも作り方を教える。

その夜は夫も起きていて遅くまで、息子と話をして、元気そうなので安心した。次男も昇進して給料が上がった由。お嫁ちゃんもふっくらとして円満そうに見える。まあ、健康でやってくれているので、それが一番。

翌日は朝食後に次男一家が黒部方面に行きたいと、早くに出発。急に静かになる。

後片づけ、庭の草取りなどして、「もう帰ろう、疲れたね」と、十二時に帰路に。最終日は高山へでも足を伸ばそうかと言っていたが「もう帰ろう、疲れたあ」。その元気はありません。

帰路は中央道回り。すごい黄砂で、前が見えないくらいだ。食事もせず一気に走る。渋滞にも遭わずに十八時半八千代につく。

楽しかったけれど、いろいろ考えさせられた坂北滞在。

子供らを少しは叱る場面もあった。やはりぼつぼつ自覚してもらわないと。私達もいつまでも元気では無いのですよ。

とは言いながら、そこまで次世代に要求するのは無理というものかな。忙しい中で来てくれるだけでも感謝しなければね。分かっているんだけどね。

8月12日
静かなお盆　これも良し

お盆。今年は弟が来ない。息子達家族も来ない。少し気合いが抜けた。寂しいと言えば寂しい。が、猛暑でもあるし、これはこれでいい。

草は宮崎さんに頼んでいるので、きれい。ほっとする。が、ジャガイモを掘らねばならい。畑はヒエでもしゃもしゃ。イモはとっくに枯れていてどこにあるのかも定かでない荒れようだ。はじめに夫と二人でヒエ抜きに取り掛かる。カラカラに干上がった土にヒエががっちりと食い込んで、引っ張っても抜けない。悪戦苦闘しているとー転にわかに曇り雨がザーッと降ってきた。すごい激しい降り。家に駆け込むが、三十分ほどして止む。再びヒエ抜きに取り掛かる。さっきよりもすーっと抜けて、助かる。二人で二時間ほど頑張ってイモ畑をやっつけた。明日の姪のきわこちゃん夫妻の到来に間に合った。

私はカンバを焚いてお盆をお迎え。庭のコスモス、キキョウなどを切ってお墓へ行く。夫はねぎの草取り。少し涼しくなって助かったが、全部終わらないうちに日が暮れてしまった。二人で水風呂で汗を流す。

さて夕食の準備をと台所に立つと、困ったことが起きた。台所のガスが出ないのだ。仕方なく火を使わないものばかりで何とか夕食とする。松本名物の塩イカ。これには重宝する。せっかくのお盆なのに、てんぷらも出来やしない。前からガスがなくなりそうだと分かっていたのに、何ということ。これも油断のせい。自分を責めるしかない。

ともあれ、ビールさえあれば何でも楽しい私達。大瓶を二本あけて良い気分。疲れで眠くなって、テレビも地デジ対応してないので、何も見えない。寝るしかない。二十時前に布団に入る。涼しいのだけは助かる。すぐに眠りについてぐっすりと眠ってしまった。何と健康的なこと!

*

翌日。ガスが出た! どこか接続が悪かったのか。ともかく出たのだ。これで良し。

いくらか料理らしきものも出来る。仏飯を用意して供える。

九時。きわこちゃんご夫妻見える。夫の姪のきわこちゃん夫妻である。宗弘兄さんの法事の時に、夫が「坂北でイモ掘りなんかどうか」と誘って今回のジャガイモ掘りが実現。午前中暑い中頑張って、イモ掘り。ねぎの土寄せなどをやって、山崎さんにも紹介して、いい道筋が出来る。お昼は東山からアルプスを眺望させ（見えなかった!）、ブルーメンでご馳走する。餅ピザに大喜び。坂北を気に入ってくれたようで良かった。この「見合い」、まずは成功か。

午後は昼寝の後、蕗ちゃんに家へ新盆のご挨拶に行く。それから西条のおばさんへ回った。テレビがないので夫は早く就寝。私は持参したＤＶＤで「おはん」を見る。

翌日はお墓参り。イモを五軒に荷づくりして送る。坂北の味をちょっぴりでも食べてほしい。急に豊科から高校・大学の友人本山さんが見えた。メロン、茄子やインゲンなどを持ってきてくれる。一時間ほどお喋りする。本山さん曰く「ここに帰れば、昔の田舎娘の利栄ちゃに戻っている」。まあ、褒め言葉ということに。

早めに帰路につき、四時間半で無事に八千代に帰着。ああ、疲れましたね。

9月23日
お彼岸帰省　姪達に感謝

一人で電車で帰った。草取りをしていると、何ときわこちゃん夫妻が子供を連れて四人で見えた、偶然な鉢合わせ。うれしいこと限りなし。

お盆の初めてのジャガイモ掘り以降、坂北へはすでに四回も来ているという。どうりで畑がきれいになっていた。夕方になって薄暗い中をブロッコリーなどの苗を植えて楽しそうにしている。一家団欒の様子がほほえましい。山崎さん夫妻も見える。「まずは土作りだ」と貞彦さん。貞子さんは「あれもこれもやってみなさいよ」と上手にけしかけている。貞彦さんは苦笑い。にやにやにや。

翌日、朝一番にお墓へ行きお参り。家のコスモスとシオン持参。どこも稲刈りの最中である。青い空に故郷の空気がおいしい。帰って草取りをしているとまたきわこちゃん夫妻が来た。また苗を買ってきたのだ。おやつ持参で親子の会話もはずんでいる。坂北との「見合い」もうまくいったようだね。

一人でさびしい帰省だったがおかげで楽しく過ごせた。畑の未来にも希望が持てそう。「ささや」さんでおやきを買う。松本で一人でクリームあんみつを食べた。千葉行あずさもあまり混んでいない。列車の中で西村さんに借りた本を読み終える。汽車の中での読書は、異次元に出入りする一里塚だ。至福のひと時。

11月2日～4日
ねぎ掘り　子供らに野菜を送る　幸あれ

今年の秋は暖かい。この三日間は特に暖かかった。気持ち良く動けた。初日は松本のお墓参りに一時間。お墓で感謝を伝える。坂北着十一時半。長野に入ってから黄葉の真っ盛り。赤い色はないけれど、黄色が如何にも信州らしく最高に気分が良い。

ブルーメンでラーメンを食す。お客が大勢いて驚いた。家に着いて少しすると本山さんが見える。上がってもらって小一時間ほど話す。「本山志づゑ」日記本を三冊持参。蕎麦も打ってきてくれた。税務署と紛争中とかだが、大変に元気だった。

夫が買い物に行ってくれる。草刈り機のガソリンが切れていたようだ。夕方は早く薄暗くなる。夕食は刺身やてんぷら、煮物で山崎さんを招待。いつものことながら貞彦さんが遠慮、遠慮。遠慮もいいところ。夫が誘いに行ってやっと見えた。でも気持ち良く三時間も飲んだり食べたりおしゃべり。何がお好きかようやく分かった。

翌日はきわこちゃん一家が見える。ねぎ掘りと玉ねぎ植え、草刈りに精出してくれた。昼食は蕎麦を喜んでもらった。十六時近くに帰る。私は五個の荷送りにおおわらわ。メノンはねぎ、柿や、かぼちゃ、山崎さんの新米。箱がばらばらで一苦労。何とかそれぞれに作って送れた。

ささやかな贈り物だけれど、これを食べて「幸あれかし」と。

「荷造り上手ですね。これも技だねえ」とささやさんにほめられた。その足で西条のおばさんにご挨拶。沢山の産物を頂く。お茶を三十分ほど頂いてからとくらの湯へ入る。体の疲れが取れた。

翌朝も快晴。お墓参りをして一年のお礼と皆の健康をお願いした。山崎さんにお米の代金を払い、不凍栓をして、鍵をかけて帰路につく。

今年の「店じまい」だ。しばらくさようなら。

平成24年（2012）

4月連休はじめ
道具を持ち帰り使う

今年の冬は寒かった。十日も春の到来が遅れた。そのせいか、坂北もいままで見たこともない表情を見せてくれた。花々が満開、草もまだはびこっていないで抜きやすかった。

二十八日にはきわこちゃん一家が来てくれてジャガイモとねぎを植えてくれた。畑にシートを敷いてお昼ご飯を楽しんだ。皆良く働いてくれて、半日で畑仕事を終えることが出来た。やはり若いなあ。お嬢さん達が気が利いて働いてくれる、頼もしいこと。私の台所仕事も手伝ってくれて助かった。女の子はいいなあ。

とりめし、ふきやノカンゾウの煮物も収穫したてを料理して喜ばれた。煮ものもありふれたものだったがおいしく出来た。味噌汁もよろこばれた。何より太陽の下での食事は本当に最高。

ここ二年ほど、人を連れての帰省が多く、庭の花々も弱っていた。雑草がわがもの顔にはびこっている。それらを起こして根絶やしにせねばと、腰の痛みもしばし忘れて鍬をふるった。

夫は草刈りをしてくれた。弱っていた菊や、おしろい花を広い場所に移植した。元気になってくれれば良いがと祈りながら。

家に入りトイレに入ると、トイレパッキングや釘などが、きゅうにもろもろと壊れてしまい、ぎょとする。賞味期限が過ぎたということかも。ちょいちょい履きの靴がないかと玄関の下駄箱から母の残していたきれいな靴を履いてみた。大きさも色もちょうど良い。少し歩くうちに底がぼろりと取れてしまった。ゴムが溶けてしまったのだろう。母の遺品のうち新しいものは捨てられず手づかずのままで取っているが、ぼつぼつ限界かもしれない。

調味料のいくつかを思い切って捨てた。何気なく取っていた箱も燃やした。

家でほしかったざる、無水鍋、靴などいくつかを持ち帰った。
坂北の片づけも新たな局面に来たように思う。

6月20日
玉ねぎ収穫

玉ねぎの収穫に行く。大きいのが多かったが、数は少ない。
夫が藁で結わえて吊るす。それから草刈り、草取り。一泊して帰った。忙しかったので、自制し電車で。意外と楽である。これはこれで良い。今後は無理しないで電車にするのも一策。

7月18日〜19日
仕事用のパソコンを置いてくる

シルバーセンターに木の伐採と庭の草取りを頼んでいるので、ちょっと心配で急に行くことにした。夫は今回はバス。私は一人で電車に乗った。幸いに天気は良く梅雨も明けてさわやか。暑い日だった。

タクシーから降りて驚いたのは入り口に草一本生えていないこと。目を転ずると庭もきれいさっぱり。シルバーさんに頼んで貰っていたが、早々とやってもらっていてびっくりした。電話で確かめると、明日もう一日見えるらしい。予定通りに一泊して家の中の片づけ再開としよう。それから久し振りの掃除などすることにした。

人が住んでいないとはこんなことなのか。ごみはないのだが、隅にうっすらとクモが糸を張っているのだ。床もざらざらしている。

拭き掃除は久しぶりだ。ここ二年ほど合宿に熱中していた。無理もない。反省を込めてざっと雑巾がけを。気持ちがさっぱりする。

さて、片づけ片づけ。以前から気になっていたのが居間の茶箪笥。母が買ってストックしていた缶詰から汁のようなものが滲みでているのだ。気になりながら面倒なので放りぱなしであった。もうやらねばならぬ！いまでしょ。

缶詰、全部で五十もある。庭に運び出して並べる。これがけっこう面倒なり。昔の人は食物がなくなることを恐れていて何でも沢山保存する癖がある。母も人一倍、その気持ちは強かった。父が郵便局に勤めていていわゆる勤め人。僅かばかりの畑を耕していたが、食糧への不安感は周囲の人より強かったのだろう。

缶を缶切りで開ける。ありがたいことに山崎さんに借りてきた缶切りがすこぶる切れた。中身を出してコンポスターに投げ込む。異臭はするわ、べたべたするわ、固まっているのもある。母の好きだった果物の缶、シーチキン、鮭、甘酒、小豆など。父が好きだったクジラや、貝類。私がお土産にしてた海産スープも数個残っていた。缶はきれいに洗って、干して、資源ごみに出すようにひとまとめにした。懸案の大仕事を終え、無類の爽快感なり。

余勢をかって、思い切って、母の化粧品に突入する。明色アストリンゼン、乳液、ツバキ油、整髪類……。下に少し残ったままになっているのを十本ばかり。母がつけていた化粧品の匂いがして懐かしかったが、あまりいい気分のものではないなあ。

お掃除のついでに、奥座敷の大きなクローゼットを開けてみた。すべてを一回は見ているのだが、すっかり忘れていた。レースと書いた箱を開けると苫小牧に三男出産の手伝いに来てくれた母へのお礼に編んでもらった薄いグリーンのカーディガンが出てきた。多分一度も着ていないのだろう。嗅いでみてもいやな臭いはしない。着てみたら意外にぴったり。私が着ることにした。こんな風に時をかけて片づけると良いこともあるなあ。

うれしかったのは、母が大事にしていたおしろい花が絶滅寸前であったのを春に移植しておいたら、元気に花を咲かせてくれていたこと。

翌朝、急にシルバーセンターさんが三人で来て木の伐採を始めた。丁寧にやってくれている。三人の中で二人は知っている人だった。様子も分かり、いろいろ教えてもらう。

このたびの帰省で良かったことが幾つかあった。ひとつは自分のペースで仕事が出来ること。持参した携帯用のパソコンを置いてくることにする。静かな環境で書く仕事に没頭出来たら最高だ。これからはこうした時間を増やさねばと感じた。

8月10日～16日
今年のお盆は悲喜こもごも

今年のカレンダーは並びが悪い。渋滞になったら嫌なので少し早目に出かける。十日朝出る。さしたる渋滞もなく予定より早く松本着。電話で確認してまず横田へ行く。みつこ一家、きわこ一家が来て、お茶を飲みながら、一時間ほど話す。坂北での野菜作りに話が集中。みつこさん達が「坂北へ行きたい」などと冗談めかす。本気かな？　まさか。

お昼時なので外食をとり（渚一丁目のスタバ）、本家に電話。すぐ伺うことに。午前中はお医者さんに行っていたらしい。お兄さんが顔にけがをしている。木に水をやろうとしていて石垣から落ちたという。何針か縫い、その後一週間通院もしたらしい。大したことにならず良かった。モロッコいんげん、ミョウガを沢山頂いて坂北へ向かう。買い物をして、西条のおばさんにも寄って梨を渡しご挨拶をすませた。

坂北は庭の手入れをしてもらっているので、草はそれほど伸びていないで助かる。山崎さんにご挨拶。貞子さんが寝ていた。夏バテらしい。

この日は二人で買ってきたおにぎりなどで簡単な夕食。夫とビールを飲んで早く休む。お疲れ様。私は三男一家が急に明日来るという電話をもらったので、大急ぎで、今回やるつもりで買って持ってきていた壁紙を張る。台所のシンクの紙と離れの戸袋の紙がはがれてみっともない状態だった。二時間はかかったが、けっこう上手に出来た。こんな小さな手作業が思った通り出来るだけで幸せ。私って案外生き方上手なのかもね。

三男が気を遣い、忙しい中で急遽来てくれる気持ちがうれしく、明日、出来たらきわこちゃんやみつこちゃん達に会わせたいと思う。まあ、明日は明日。なるようにしかならない。「人間万事塞翁が馬」と考え就寝。坂北の夜は涼しい。

＊

二日目は三男が希望した通り、従兄弟たちが集まった。ジャガイモ掘りは孫らが大喜びだった。こんなことは二度とないかもしれないので、大急ぎで、昼食を整えた。おにぎりや、煮物、ぶどう、とうもろこし、漬物などなど。ビールも少し。三男の持参のパンやチキンなどにも助けてもらった。賑やかだった。

三日目は十五時ごろ次男が到着。三男一家が待っていてくれた。子供らはすぐに仲良くなった。孫三人を連れ散歩をした。夕日が美しかった。夕食はブルーメンで。孫は疲れてしまって眠そうだった。三男一家はブルーメンから帰路についた。メールで十二時には帰着した由、知らせが入った。

四日目は本家行き。車に次男と孫の尚ちゃんを乗せホテル飯田屋にちょいと寄り、すぐに蟻ヶ崎へ向かう。お盆、道が混んでいた。早く出たつもりがいい時間になってしまった。孝一一家が揃ってお出迎え。甥の子供達も早くもいい少年になっている。お墓参りに行く。

会食はこのごろは桃仙園のお弁当をとっている。今年はきょうだいは家だけ。鎌倉も横田も市川も見えない。今年は潤子ちゃん達もいない。急に寂しくなった。ちびちゃんたちは打ち解けて大騒ぎしていた。お兄さんが一寸元気がない。大丈夫か？　いよいよそんな年齢か。雨も降ってきた。解散でホテル飯田屋へ帰る。疲れた。早く寝る。

五日目。ホテル飯田屋で朝食。すぐに車で坂北へ向かう。次男にパソコンの使い方を教えてもらう。孫も夏休みの宿題。数字には強そうだ。次男はまだ体力がなく心配だ。体調を崩し半年近く休職しているのだ。まあ、様子を見るしかないか。両親が亡くなりようやく落ち着いて来たかと思ったが、今度は子供の心配が。人生休まる暇などないということか。

六日目は次男のお嫁ちゃんが来る。次男の所はどうなっているのか。これが最大の心配の種。いつものことだが連絡不十分。さんざん待って結局は十六時ごろお嫁ちゃんが来た。いろいろ行き違いがあって少し気まずいものがあったが、小一時間話をすることが出来た。顔を見て話すことはやはり大事だと思う。これから三人揃ってお嫁ちゃんの実家の高山へ向かう。どうか仲良くねと、車が見えなくなるまで見送った。

七日目に帰路に。長い帰省だった。次男の問題はまだ継続中。時間のかかることだ。悲喜こもごもか。

9月19日〜22日 一人で静かに考える場所がある幸せ

『時代を駆ける　吉田得子日記1907−1945』（みずのわ出版）が完成し、ほっとする。これからどうしたらいいのか考えたくて、一人で坂北へ帰る。猛暑の残るこの時期、やはり朝晩は涼しい。田圃は稲刈りが終わり、虫の鳴き声もにぎやかだ。庭先には満開のコスモスが揺れていた。

来年は古希だ。人生も終盤に入った。しっかり考えて一歩一歩前進しなければ。

まずは日記の活動のこと。次の目標は何にしようか。手持ちの日記を見回すと終戦直後からの日記がけっこうあるのに気づく。最近、飯塚とみ日記を寄贈された。昭和二十年からの女一代の日記だ。塚本昌芳日記も気になっている。塚本日記との縁はもう七、八年も前からあったのに、どのように扱っていいのか困惑していた。しかしこれも戦中戦後をまとめて読み込み、お話もお聞き出来れば面白いではないかと気づく。

手持ちの日記を概観するのに、平野仁蔵日記、吉田得子日記、笠原徳日記、松崎宗子日記、坂本栄子日記、松本幸日記など、終戦直後を書いた日記はけっこうある。激動の戦中戦後、庶民の本音はどんなだったか？比較検証をしたら面白いではないか。語り部として、松本喜美子さん、西村榮雄さん、鈴木千代子さんらも健在だ。

また、最近若い世代が次々と入会してくれているが、彼らの居場所も作ってあげたい。若い世代を育てることにも全力を傾注したいものだ。

もう一つ、きわめて個人的なことだが、この「坂北日記」をどうしようかということ。せっかく柳原さんが何回も来て写真を撮ってくださっている。何とか有効に役立てたいもの。一応締めなければと思う。あれやこれや考えをまとめたくての坂北帰省。さあ、どうか、ひらめきは訪れるか？

10月22日～23日
手術前の夫と坂北行き

夫が前立腺がんの手術をすることに。手術を前に、坂北行き。何となく落ち着かないので電車で行く。ねぎの収穫が目的。今年はきわこちゃん一家に世話してもらっているので、四列を半分ずつ分けた。収穫はあっという間にすむ。二人の子供にも発送。残りは二つの荷にして「ささや」から送った。夫は草刈りに精を出した。私は菊の手入れなどにも熱中。夜は貞彦さん、貞子さんと「とくら」へ。温泉につかり、食事もご一緒に、ゆっくりと語らいが出来た。いつもながら坂北で元気を回復。夫の手術の成功を祈る。きっとうまくいくはず。

11月22日～23日
晩秋　母の幼馴染に会う

夫の手術は無事に終わった。三週間の入院だった。退院して一週間。まだ心配ではあるが、まあ、なんとか回復しているので、長い切ってた坂北行き。青柳昇三元村長さんが鈴木益美さんに取り継いでくれると言うので、それも動機になった。珍しい晩秋の坂北である。

益美さんは母の幼馴染。お顔は知っていたが、会ってみるとお元気なので驚いた。美しくもある。耳は遠いようだが、記憶力もはっきりしていて九十四歳にはとてもとても。父もよく知ってくれていて、写真を見ながら話は弾んだ。

家に帰り、庭の残菊を切り、お墓参りに。つるべ落としのお日様に逆らうようにゴミを燃やす。白い煙がたなびき、幼い日を思い出した。

食事後に山崎さんにお茶をご馳走になりに行く。山崎さんが肺に少し心配ありとか。一気に気持ちが沈む。神に祈るのみ。

夜は静かに読書三昧。結構読める。ゆっくり眠れた。

翌朝は雨だった。ジャガイモや貞子さんに頂いた味噌、白菜などの野菜を段ボール箱に詰めた。乾燥したねぎを捨てようかと迷っていたが、土に植えた。枯れていても土に入れると生き返るとか。寒いところの知恵。何でも粗末にはしないのだ。またお茶をご馳走になる。白いんげんの煮物がおいしい。山崎さんご夫妻も元気であってほしい。駅まで送ってもらうと青柳さんがリンゴを持って出てきた。十個もお焼きを買って、全部持てないので荷物に入れて送ってもらうことに。しばらくお別れ、坂北。また来年まで！

平成25年（2013）

4月27日～5月2日
次男の療養始まる　新たな苦しみの始まり

今年は寒かったので、信州でも春が遅い。滞在中は晴れたが、霜がおりたり風の冷たい日もあった。が、東の土手にある山桜は満開になった。初めの夜は山崎さんにおよばれ。山菜料理が次々に並ぶ。おいしい。トウフキが珍しく、舌鼓を打つ。山菜おこわもおいしかった。この時期はねぎとジャガイモの植えつけという大行事がある。きわこちゃん一家が来てくれる。ワイルドな家族で、良く食べて良く働く。見ていても楽しそうにやっているのでうれしい。夫が蕎麦を打ってくれて昼食は山崎さんも呼んでご一緒する。夫は朝早くから畑を耕耘機で耕して畝を作り疲れているのに、蕎麦打ちもしてくれた。一同おいしいおいしいと大喜び。私はお得意のてんぷら。ウドと長芋、ヨモギとかぼちゃ。山崎さんの田んぼの土手に生えた穫りたてウドが一番の目玉だが、エビも張り込んだ。きわこちゃんの長女が深志高校に合格したのでお祝いの意味である。煮物や漬物も朝から頑張った。貞子さんが大根サラダと菜花のお浸しを持参してくれ、料理を並べる手伝いもしてくれた。またきわこちゃんが大量の焼き豚と煮卵と、キャベツの浅漬けを作って持ってきたので、テーブルからはみ出しそうな大ご馳走になった。

蕎麦の煮汁でお嬢さん達が寒天よせを作ってくれた。珍しくて、おいしかった。

大騒ぎで予定の外仕事をして、ニラ、ウド、ねぎなどの土産をどっさりと持って一家は十六時前に帰って行った。若いって素晴らしい。身も心も弾んだ。

*

楽しい催しから暗転――。翌日、次男がやって来た。坂北駅に出迎える。ハッとするようなやつれた表情。

必死に笑顔を見せるが、辛そう。こちらも胸が痛む。再び体調を崩し一ヶ月。気分転換に来たのだ。昨日のきわこ一家の元気ぶりに比べて……。まあ、ゆっくりさせてやるしかない。一日中寝ている。

とはいえ、二人とも外に出るとついつい畑仕事に熱中してしまう。体が痛む。が、夜はぐっすりと眠れる。まだまだ元気な証拠だと少し自信めいた気持ちにも。山崎さんはちょこちょこ顔を見せてくれる。貞子さんは護国寺行、マイスター会議と続くが、帰るとすぐに着替えて畑や田んぼに出る。元気だなあ。夫も「山崎夫妻は元気だなあ」と感心している。夫は畑仕事、私は庭の草花関係。草を掘り起こして開墾めいたことをしたので、雑草にやられて狭くなってきた花畑を少し広げることが出来た。疲れたけれど満足。今年は少し早めの季節を見ることが出来た。カラスノエンドウという性悪の雑草を小さいうちにやっつけることも出来た。夫は木の剪定や雑草の伐採も丁寧にやってくれた。最終日は除草剤をふたりでああだこうだと騒ぎながら撒布した。雑草が少し減ってくれるとありがたいが。これもやってみないと分からないな。

最後の夕方は西条のおばさんにご挨拶。夫の蕎麦とオランダ屋のピーナツパイ。おばさんは巻き寿司といなり寿司を作って待っていてくれた。母のように優しいおばさん。おじさんも元気そう。前立腺がんの話で盛り上がり、二時間近く長居をしてしまった。

次男の調子が悪い。千葉に連れて帰ることにした。

親との別れの悲しみが薄らいできたと思ったら、今度は子供だ。これが人生なのかな。

7月25日〜26日
さようならラクータ　歳月が確かに悲しみを小さくする

シルバーさんに庭の草取りをしてもらおうと一人で帰った。四人で見えて六時間。猛暑の中を汗たらたらで頑張ってくれた。おかげできれいになった。除草剤をまいてもらったのもありがたかった。そんなときシルバー人材センターのお一人が物置に置いてある母の電動三輪車ラクータに目をとめた。「妻に使わせたい」と言う。思い切って差し上げることにした。七年近く一度も電気を入れてない。埃まみれの車である。この先ここでは誰も使わないだろう。お役に立てるならうれしいことだ。でも果たして使えるのかどうか。事情を話すと了解して持って帰った。

母が最期まで使っていたラクータ。パーキンソン病の母の足のような頼もしい存在だった。二台を乗りつぶし三台目を買っていた。母を象徴するようなラクータなのに、いま、あまり悲しくなく人にあげられたのはなぜだろう。歳月がそうさせているのだろう。

さようなら。母の足。どうか人の役に立ってね！

8月12日〜15日
寂しいお盆　試練は次々に降りかかる　人生はこんなものか

恒例の次男一家、三男一家も来ない。私と夫二人だけお盆帰省。「これもまた良し」なのだが、実は不安いっぱい。落ち着かないのだ。

次男が五月六月と療養のため千葉で過ごしたが、この七月中旬に職場復帰のため帰っていった。回復したように見えたのだが、どうも不安定なのだ。

職場は正社員の立場で無事復帰し、八月から出勤を始めたのだが、どうも無理のようで半分も出られない由。もう一つ家庭の問題もある。毎日メールや電話で様子を聞いて何かとアドバイスをするが、元気がない。どうしたらよいのか、私どもも行き詰まり。お盆休暇中は自分のマンションでゆっくり静養してほしいと思い、お盆の坂北行きも誘わなかった。ただただ仏様に祈るしか方法がない。両親に何度もお願いをする。

息子と合わせて、弟の健康もひたすらに祈る。めったに会うことはない弟。お盆も「一緒に帰らないか」と誘ったのだが、彼は来なかった。彼にも理由があるのだろう。深くは聞かないが、必死で何かに耐えてるような気がする。たった一人の姉だもの、何かしてあげたいとは思うけれど、何もしてあげられない。

それに私達が帰れなくなったらこの家はどうなるのだろう？　考えると不安でいっぱいになる。

次々と試練が降りかかるなあ。ノー天気な顔をしているけれど、けっこういろいろあるなあ。でも人はもっともっと苦しいというのかもしれない。幸も不幸も人とは比較で見ない。また、してはならない。

この十年。まずは家を片づけ、次は有効活用しようと、ひたすらに走って来た。そうすることで、親を亡くした悲しみを忘れさせてもらえたとしたら、それはありがたいことではないか。感謝して、次のステップに立ち向かっていこう。きっと何とかなるだろう。大丈夫、大丈夫。

山崎さんの長女・佐代子さんは塩尻で介護の仕事についている。じじばばには時々訪ねてくる孫の拓海ちゃん、優希ちゃんの成長が楽しみ。「このごろは大きくなりあまり来ない」とちょっぴり寂しそう。いずこも同じ。（S）

貞子さんにヤショウマを届けてくれたのは刈谷沢の堤茂子さん。彼女の義弟さんは私の小中高の同期生・堤十九夫さん。彼も田植えや稲刈りなどに東京から通う「坂北大好き人間」。東京消防庁に勤めておられた。（S）

旧善光寺街道青柳宿の「狐の嫁入り」。７年に一度執り行われる。長持唄を朗々とうたいあげる北澤良夫さんと稲葉昭彦さん。聞いているだけで心地よい。（Y）

青柳晃夫元村長さんに一同、麻績村のホテルシェーンガルテンでコーヒーを、また猿が番場峠のお仙茶屋で蕎麦をご馳走になる。青柳さんは平成26年4月に急逝された。本当に寂しい。（S）

郷土史家・青木秋樺さんに善光寺街道名所の青柳切通しを案内してもらう。青柳は他にも城址、本陣、常夜灯など旧跡が並ぶ。村に育っても知らないことが多い私、村内を見て歩くのも楽しみのひとつ。（S）

「狐の嫁入り」の道中で行われる富籤飛ばし。手を伸ばす人の輪に、千葉から来た伊藤久恵さんの姿も。写真屋は撮影もそこそこに、お祭にあわせて蔵出ししたという地酒「山清」濁酒の樽酒接待へ。（Y）

春の一日、きわこさん一家と、東京の友人一家が見える。畑にシートを敷きテーブルを広げ急ごしらえの昼食となる。何はなくとも春の自然が一番のご馳走。午後はねぎを植える。若い人歓迎。子供なら大歓迎。（S）

機械化されたといっても、最後は人力が頼り。田植機で植えきれないところを子供達が丁寧に植えていく。１本の苗も無駄にしない。（Y）

臼井百合子さんご一家。親子４人で田植え仕事。農山漁村では、年代に応じて子供達にも大切な役割がある。ささやかではあるけれども、それは、かれらにとっての誇りでもある。（Y）

高野忠彦さんご一家。田植えの合間、ほっとひと息つく。写真屋もご相伴に与った。小学校3年生からミカン農家の仕事に出ていた身にとって、土地は違えども馴染み深い光景である。（Y）

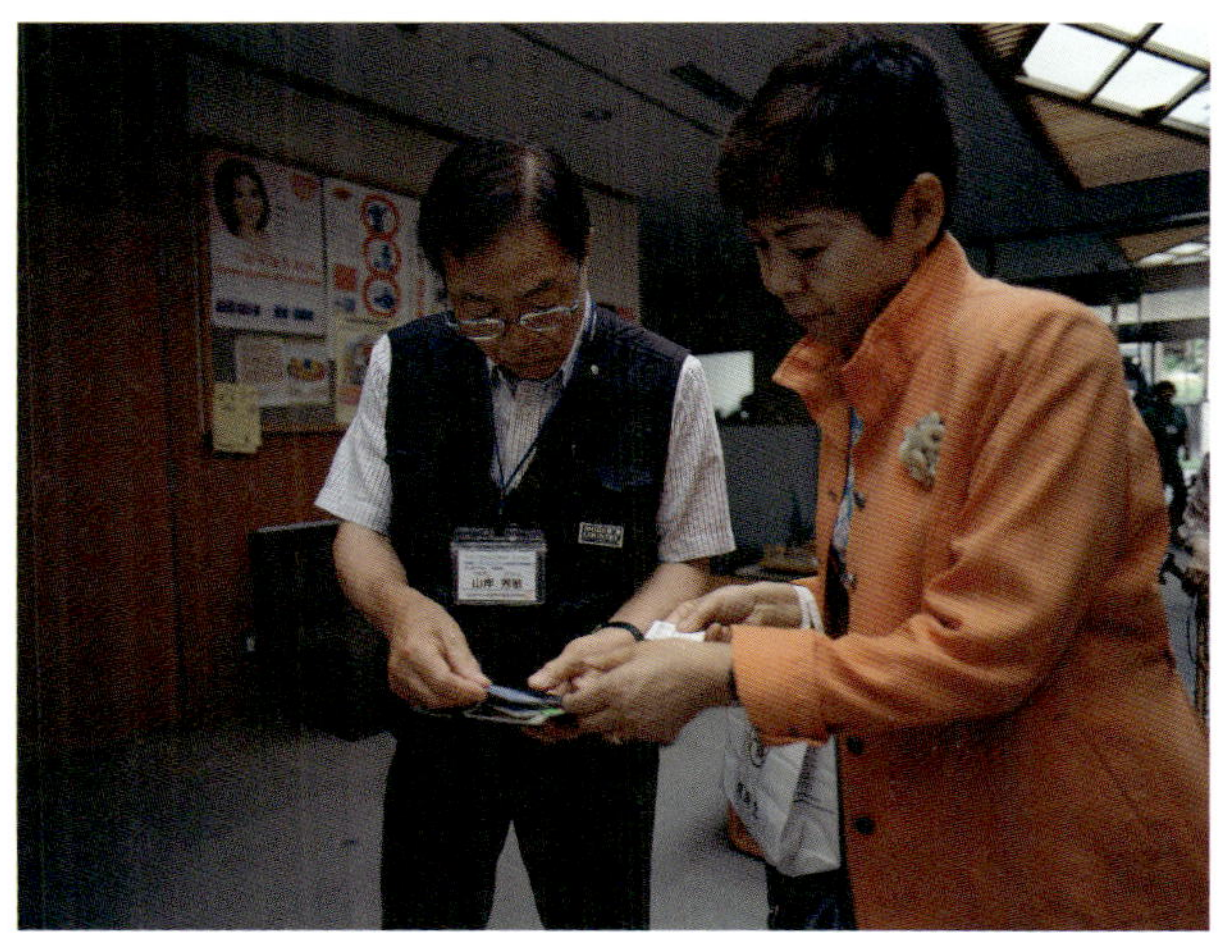

社会福祉協議会にお勤めの山岸秀敏さんも小中学校の同級生。故郷には根石、佐藤、市川、鳥羽、太田、飯島さんなど男性陣、山口、野村、安保、原、川村さんなど女性陣が健在、活躍する。旧友がいてこその故郷。（S）

デイサービスに来ていた山崎春子、丸山鈴子さんに会う。お二人は坂北村婦人議員として昭和30年代に活躍。婦人議員は坂北村では27年間も続き村の女性達をリードした。信濃毎日新聞「ときを刻む女たち」連載の取材以来の知己。（S）

お盆に山崎家と島家の孫達勢揃い。カエル取り、花火など一緒に大騒ぎ。子供には田舎帰りの魅力は遊べる同世代がいることだろう。今後この顔ぶれが揃うことはないかもしれない。こうしたハレの日の記念写真は貴重だ。（S）

山崎家のお盆飾りは立派だ。代々のご先祖様、大きな提灯、花、野菜に果物にお菓子が並ぶ。私の家は新家で仏壇もなかったので恥ずかしながら仏様との対話の仕方もよく知らない。全て教えてもらいながら。（S）

来年小学校に入学する保育園の子供達を迎える校長先生。日本中どこでも言えることだが、田舎の町や村にあって運動会はハレの日。小規模でも活気にあふれている。（Y）

作業の手をとめて立ち話、一枚撮らせていただいた。秋の日は釣瓶落とし、刈り取りを終えた棚田の其処此処から野焼きの煙。山崎つね子さんはこれから夕餉の仕度。（Y）

とんど焼きのことを、坂北近辺では三九郎と呼ぶ。正月飾りを焼いて無病息災を祈る子供達の祭。吹き渡る冬の風に背筋が伸びる。（Y）

刈谷沢神明宮の御田植祭。張子の牛に雪玉を投げつけ、豊穣を予祝する神事。お祭の賑やかさが嘘のように、普段の神明宮は静寂に包まれている。（Y）

子供の頃よく野球をしてもらった桐山さんのお兄さんと、お店の前で50年ぶりの再会。すぐに話が盛り上がりしばしの立ち話。弟さんが経営するブルーメンへは帰省の度に立ち寄る。（S）

細田寸海子さんは坂北の語り部。戦中戦後の日記や手紙も保存しすでに『ある農村少女の戦争日記』『私の戦後手帖』を出版する。90歳、現在も元気に書き続けている。この日、貞子さんが訪れ、昔話を聞く。（S）

小中学校の同級生・野村幸子さんは漬物名人。毎秋にはおいしい瓜のかす漬けを送ってくれる。この日、ご主人と坂北の家にキノコとお菓子、そして漬物を持って訪ねてくれた。私の小学校時代の絵を見ながら昔話に花が咲く。（S）

坂北駅前の「ささや」さん。ご主人手作りのおやきはナス、野沢菜、切り干し大根、あんこ、カボチャの5種類。素朴な味わいが好きで帰るたびにお土産に買う。また荷物を送るときも。店先で奥さんと話すのも楽しみの一つ。（S）

ヤショウマ作りの上手な滝沢幸子さんに台所で実演をして頂く。上新粉を練って茹で食紅で色を付け細工をして巻物状態にして伸ばす。輪切りにした美しい断面に、千葉市婦連協会長・伊藤久恵さんは「房総の太巻き寿司と似てるね」と感嘆。（S）

実家での合宿に塚本昌芳一家が八王子から参加。夫の打った蕎麦を喜んでくださる。台所が交流の場。食べながら話が弾む。塚本翁は現在も矍鑠（かくしゃく）とした95歳。ちなみに夫は全麺協三段の腕前。（S）

組み上げた三九郎の前で。山崎つね子さんを撮ったご縁で、ご主人の晥さん（前列左から3人目）に声をかけられ撮影。帰り際に伸し餅を戴いた。晥さんは一昨年亡くなられた。　（Y）

島さん、山崎さんのご近所さんで三九郎を組み上げる。本来は子供の祭であるが､過疎高齢化、少子化により、ここでは大人達が伝統を守っている。　（Y）

夫が手術前の春の一日。迷いつつ実家がえりを敢行する。「もう二度と二人揃って帰れないかも」と私。「坂北から元気をもらった」と夫。背景には老いた実家の姿が写る。　（S）

中央大ＯＢグループが坂北に来てくれる。「とくら」での宴会には飯森村長（当時）、細田さんも迎え賑やかに。翌日わが家でお茶の後、東山に案内する。珍しく中央アルプスがくっきりと見え一同歓声を上げる。帰路は山崎農園で信州リンゴを賞味する。（Ｓ）

家の離れは大勢での食事、お客さんの宿泊所である。この日、飯森村長（当時）、青木秋樺、滝沢美佐子さんが見え、千葉からの仲間も大喜び。馬刺、山菜料理、地酒「山清」に舌鼓。賑やかな宴となる。（Ｓ）

貞子さんは長野県の「マイスター」として、郷土の農産物普及のために活動している。自分の畑で採れた野菜を使った料理を何種類もどっさり作ってくれる。私は簡単な家庭料理をちょっぴり。まさに「貞子大明神様」。（Ｓ）

絵にならぬ写真をめぐる覚書

柳原一德

この本に収録した写真九十二カットは、平成二十一年（二〇〇九）十一月から二十六年（二〇一四）五月までの四年半にわたって断続的に撮影したおよそ三千五百カットから選び出したものである。日記本文に書かれているとおり、ご両親の遺品を撮ってほしいという島さんからのお声掛けが事の起こり。とりあえずは坂北の地に身を置き、風景もふくめ、撮れるものから撮ってみようということで撮影を始めた。

さて、人工光源に頼らずなるべく自然光で撮りたいときた日には、どうしてもお天気任せになってしまい、時間のロスばかりが多くなる。無駄の多い仕事。無駄ついでに、素人玄人の区別無く上手く撮れてしまうほどによく出来た今日日のデジカメを拒絶し、画質はよいが、大きく重く利便性に欠けるペンタックス67一台で、今はなきコダック・エクタクロームをメインフィルムに据えて撮影を進めた。チャンスを逃せばそれまで、縁のなかったものとしてあきらめる。撮り進めていくなかで、島さんのご両親が使い込んだ遺品もさることながら、その背景としてあるこの地の風光と生活文化、循環する人の営みといったものへと関心が広がっていった。

同郷の先達宮本常一の顰（ひそみ）に倣えば、その土地を高いところから見下ろせば、また、田畑のつくり方や作物の出来具合、家や商店の軒先等々を見れば、そこの人々が働き者か否か、誠実か否か、すなわち、よい土地かよくない土地かがわかる。その地を覆う人心というものは、いかに取り繕っても隠しおおせるものではない。私自身、かつて取材の仕事に携わってきた経験からも、拝金主義に染まり誠実に働くことを美徳としない土地、年寄り子供を大切にしない土地、自らの来し方を大切にしない土地、さらに言うなれば、人死ににまつわる記憶を大切にしない土地がどれほどにグロテスクなものであるか、少なからず見聞してきたつもりである。

　限界集落、耕作放棄、空き家問題等々、地方、就中（なかんずく）僻地をとりあげる昨今の報道は暗い話題ばかりが先行する。一極集中都市・東京で、日々大量の資源を消費し、食べ物はおろか水の一滴までもおカネで買う生活をしている人達の目には恐らくそうとしか映らないのであろう。確かに、僻地の現状は危機的だ。この本の背景にもそれはある。だが一方で、僻地ほどしぶといものもない。現状に鑑みて断じて楽観的にはなれないが、かといって悲観的になっても仕方が無い。嘆いたところで、日々の暮らし、季節の移ろいは待ってはくれない。

　坂北の村で子供達と鉢合わせると、どの子も元気に挨拶してくれる。運動会の撮影ではいいものを見せてもらった。私がいま住んでいる周防大島でもそうなのだが、大人と子供の信頼関係、むら全体をあげて子供を育むという、その土地がもつ空気感といったものが、子供の挨拶や所作のひとつからもわかる。

　そういう土地でつらつら写真を撮る。日常の光景。まったくもってドラマティックではない。すなわち、絵にならない。仕上がった写真全体を改めてチェックしてみる。よくぞまあ、これほどまでにつまらん写真ばっかり撮りためたものだと自分ながら感心する。写真を芸術と考える人たちや、社会の歪みを告発する手段として考える人たち、いわゆるフォトジャーナリズムを志向する人たちの目には、何の価値もない、つまらない写真の塊としか映らないであろう。

　この本は、島さんの十年間にわたる「親なき家の片づけ日記」。ご両親亡きあとのおよそ十年の時間と、それに連なる何十年何百年の来し方、そしてこれから先へと連なっていく世代への言伝（ことづて）である。日々の出来事を淡々と綴った日記本文を前にして、写真ごときが声高に何かを叫んではいけない。信州の坂北という小さな村の、つつましくも幸せな暮しの記憶。まったくもって絵にならない写真の束が、土地に刻まれた人々のなりわい、その記憶を呼び覚ます触媒となるのであれば、一介の記録者としてこれにまさる喜びはない。

平成二十六年葉月　周防大島安下庄猫庵にて

日記に書けなかったこと――終章

島　利栄子

　親が亡くなり悲しみに突き動かされて無我夢中で通いだした実家だった。やがて故郷の自然や人との出会いに癒されて元気をもらうようになっていた。何十年ぶりかで故郷の素晴らしさを知ったようにも思った。それは四六時中動き回って忙しく充実感に満ちたそれまでの激動の自分を静かに見つめるきっかけにもなった。田舎と町の交流になり、地方を活性化する一助にでもなればなどと、大それた夢もみた。

　気づくと十年の歳月がたっていた。家は老朽化し、家と歩調を合わせるように私もあっちが痛いこっちが疲れると、検査をしたり指圧に掛ったり。もう若くないとつくづく実感する。夫は平成二十六年春、胃に異常が見つかり、全摘手術を行った。幸いにも初期の胃癌で転移もなく退院後は順調に回復しているが、まだ遠出は無理。坂北通いは中断。退職後は続けてきたお盆帰省もあきらめざるを得なかった。母と約束したジャガイモやねぎの収穫も今年は断念した。孫達も大きくなってスポーツや習い事に忙しく田舎へ帰る時間がない。体調を壊した次男は仕事を辞め、心機一転、千葉に帰り私達夫婦と同居を始めた。「十年ひと昔」とよく言ったもの。改めて日記を読むとこの十年は短いようで、長いものだったことが分かる。問題の実家の片づけはというと、中途半端のまま、手の施しようもない状態である。肝心の問題は何一つ解決していない。

「片づけ」が流行して久しい。モノや情報が氾濫している時代だ。何でも買えば簡単に手に入る。避ける方法は買わないことだが、最近は「親」と「実家」にまでも「片づけ」がはびこってきた。「親・実家の片づけ方」本をみると「片づけは『捨てる・保存する・活用する』を三秒で決断実行」「遺品は整理業者に依頼」「相続税の節税、家屋敷の更地化」などの言葉が並ぶ。

私は猛烈な違和感に襲われ、そんなに簡単に親や実家と縁を切れるものかと呻く。時間がかかるんだよ、十年かかっても片づかない。この本を読んで、「究極の片づけ法」を期待された方には申し訳ない限りであるが、片づかなくてもいいのかなとの思いもする。いま、私達は合理的に、あざやかに速答をもとめようとする。「面倒だ、片づけてしまえ」で解決出来ないものがあっても良いのではないか。大事にしなければならないものは、自分が苦しみ、ひとつひとつ手足を動かして、根気よく探すしかない。親の生き方や故郷の自然や暮らしを知ることで、次代に何を伝えたらよいかを身を以て学ぶことになるはずだ。すぐに片づけられないからって嘆かないでおこう。逡巡する自分を誇りに思おう。自分が始末出来なければ、そこには深い意味があるのだろう。時間をかけてじっくり見つめたらいい。この苦闘こそが日本の文化や伝統を伝えることに繋がるように思う。

出版社兼、写真家である柳原氏には、親なき家や故郷には日記だけでは伝えきれないものがあることに気づき、しっかりした計画や工程も考えず、気楽に撮影してほしいとお願いした。柳原氏が坂北を気に入ってくれたのは幸運なことだった。山口県周防大島(初めの頃は神戸)から一千キロ、十時間をかけ、私の行かれない時には一人で誰もいない実家に泊り、四季折々の坂北の自然や人々との出会いを根気よく撮影してくれた。世代も、環境も全く違うのに、人として大事なものを見つけようとする姿勢、また人として大事にしなければならないものが、どこか似かよっていたのだろう。ありがたいことだった。

はじめは彼の仕事ぶりに驚嘆した。一千キロかけてやって来ても天気が悪ければ寝転がっていて仕事をしない。「仕方ありませんわ」とニコニコしている。せっかちな私は思わず「柳原さんのカメラでだめなら私のデジカメで撮ってみようか」と言って、写真論を延々と聞かされる羽目に陥ったものだ。次第に写真に無知な私も、作為的な写真を排する意味を、また忍耐強く待つことの大切さを教えてもらうようになった。柳原氏の写真のこだわりは、①主張しない写真を撮る、②やわらかい光で撮る=自然光。記念写真以外はストロボをたかないで撮る、③演出をしないで撮る——の三点であろう。さすが同郷（山口県周防大島）の民俗学者・宮本常一の残した何万枚もの民俗写真を、儲けなど考えず出版し続ける人だ。曰く「私は昔の写真屋です。古典的な写真を撮りたくても欲しいフィルムやカメラもない時代になってしまった。今回坂北で撮影したのはもう二度と撮れない写真ばかりです。その覚悟で撮りました」と何度も繰り返した。絶滅危惧の一冊が出来上がったことを、心しておかねばと思う。

写真を選ぶ段になっても苦労した。およそ三千五百カットの写真をずらりと並べて、日記に配していく。はじめから無計画に撮った写真なので、意外とピッタリの写真がない。私がこれと思えば、柳原氏が否と言う。作為的すぎる、重なり感がありすぎる、重すぎる、などなど意見が違う。この作業を繰り返すうちに、お互いの美意識が鍛えられて、近く寄り添えるようになった。最後は阿吽の呼吸でこれしかないという写真を配することが出来た。

こんなこだわりの写真家と一緒に一冊の本を世に出せた幸せをつくづくと感ずる一方、私の日記が余りに当たり前で、同じことばかりの羅列なので、嫌気もさす。誠につまらない日記だ。実は私は十八年間「女性の日記から学ぶ会」を主宰。庶民の日記を収集、保存、活用する道を探し求めて、二百三十人の仲間と活動している。庶民の日記は、読めば退屈なものである。毎日何ら珍しいことも起きない。平穏な日々の暮らしが続く。かの戦時下にあってすら同じような毎日の連続を人は幸せと感じて生きているふしがある。そう居直って、私の日記にある、ありふれた日常に意味を見つけるしかない。作為のない美しい写真は、坂北の透明な空と空気感をばっちり表現し、ごくありふれた小さな日常に、大きな意味を持たせてくれた。感謝あるのみ。

最近は「地方創生」「限界集落」「空き家バンク」「田舎の活性化」と言葉が氾濫する。坂北もあちこちに休耕の田畑や空き家が目につく。もう崩れる一歩手前のような家もある。聞けば坂北小学校も本城小学校と統合され、村役場も本城に移る。親しかったあの方この方も亡くなったと聞き寂しさは募る。あと十年たったら坂北はどうなるのだろう。しかし村には子供達の明るい笑顔がある。そこを写真はばっちり写してくれた。柳原氏があとがきで書いているように、村の子供達の明るい笑顔を誇りに思おう。絶望的な状況でも未来を信じたい。ただ、いまこの笑顔を守るには何をせねばならないか。皆が真剣に考えねばならない。国に大胆な方針を示し、地方は変化を恐れず勇気をもって変わるしかないと思う。まずは「百年の計」をたててほしい。

平成二十六年九月彼岸、柳原氏と最後の打ち合わせに坂北を訪れた。その日は地域のお祭。夕食がすんだ八時頃から花火が上がった。漆黒の闇の中、目の前に上がる大きな美しい花の饗宴。聞けば見る人は地域の約百三十軒だけ。各家が寄付を出し合って花火を上げるのだという。宣伝もせず、脈々と、粛々と続けていく季節の祭。そして人の営み。ああ、その豊かさ、その贅沢さ。「いいものを見せてもらったね」と柳原氏も感激の態。私は思わず涙ぐんでしまった。地方とはこのようになかなかにしぶといものである。蛇足かもしれないが、現在、柳原氏は出版社と写真家という二足の草鞋にもう一つ加えて、両親の故郷・周防大島でミカン栽培農家も始めた。農業に転身したのも「坂北撮影が一つの契機になった」と言う。喝采！

最後に山崎さんご夫妻に、坂北の皆さんに心よりのお礼を申し上げたい。細かい配慮と抜群の技術力を発揮して下さった山田写真製版所さん、思いもよらない装幀で大きな世界を示してくださった装幀の林哲夫さんに、感謝を捧げたい。いつも傍にいて支えてくれた最強の相棒である夫に、感謝しその健康を祈って筆をおきたい。

平成二十六年師走　千葉県八千代市にて

【文】

島利栄子——しま・りえこ

昭和十九年（一九四四）長野県東筑摩郡坂北村（現・筑北村）に生まれる。長野県立松本深志高校を経て信州大学文理学部卒業。女性史研究家、日本ペンクラブ会員。「現存する日記を収集・保存、活用する途を探りながら、後生に残すべき女性文化のありようを考える」をテーマに、平成八年（一九九六）より「女性の日記から学ぶ会」主宰。著書に『周防の女たち 嫁・姑のたたかい』（マツノ書店）、『日記拝見！』（博文館新社）、『戦時下の母 「大島静日記」10年を読む』（展望社）、『母の早春賦』（一草舎出版）など多数。「女性の日記から学ぶ会」の著作に『手紙が語る戦争』『時代を駆ける　吉田得子日記1907-1945』（みずのわ出版）がある。

【写真】

柳原一徳——やなぎはら・いっとく

昭和四十四年（一九六九）神戸市葺合区（現・中央区）に生まれる。兵庫県立御影高校を経て旧日本写真専門学校卒業。平成三年（一九九一）奈良新聞に写真記者として中途入社。奈良テレビ放送記者等を経て、平成九年神戸でみずのわ出版創業。平成二十三年山口県周防大島に移転。ミカン農家、写真館兼業。公益社団法人日本写真協会会員。編著書に『従軍慰安婦問題と戦後五〇年』（藻川出版）、『阪神大震災・被災地の風貌』『神戸市戦災焼失区域図復刻版』（みずのわ出版）、写文集に『われ、決起せず——聞書・カウラ捕虜暴動とハンセン病を生き抜いて』（立花誠一郎語り、佐田尾信作編、みずのわ出版）など。

親なき家の片づけ日記——信州坂北にて

二〇一五年一月三十日　初版第一刷発行

著者　島利栄子
写真　柳原一徳
発行者　柳原一徳
発行所　みずのわ出版
山口県大島郡周防大島町西安下庄、庄北二八四五
庄区民館二軒上ル　〒七四二—二八〇六
電話　〇八二〇—七七—一七三九（F兼）
E-mail mizunowa@osk2.3web.ne.jp
URL http://www.mizunowa.com

印刷　株式会社 山田写真製版所

製本　株式会社 渋谷文泉閣

装幀　林 哲夫

プリンティングディレクション　高 智之（㈱山田写真製版所）

Printed in Japan
ISBN978-4-86426-027-5 C0095
JASRAC 出 1415851-401